茶屋占い師がらん堂

高田在子

時代小説文庫

角川春樹事務所

本書は、ハルキ文庫のために書き下ろされた作品です。

目次

序　6
第一話　出会い　11
第二話　占い師、一条宇之助　68
第三話　がらん堂　137
第四話　占い茶屋たまや　222

茶屋占い師がらん堂

序

ほんのりとした薄紅色の雲を繫《つな》げたような桜並木が、すずの前に広がっていた。

五弁の小さな花が手毬《てまり》のように寄り集まって、無数の枝にぎっしりとついている。

すずは頭上を見上げて、ほうっと感嘆の息を漏らした。

「綺麗《きれい》ねえ……」

言葉が続かない。

どこを見ても、花、花、花――満開の桜の美しさに、ただ圧倒されるのみである。

隣を歩いていた、おなつが笑った。

「あんた、さっきから同じことばかり言ってるわよ」

「だって」

すずは桜を見上げながら目を細めた。

「綺麗なものは綺麗なんだもの」

すずは手を伸ばした。桜の花に届きそうで、届かない。

ぴょんと飛び跳ねてみる。

淡く明るい空色と、甘い落雁《らくがん》みたいな優しい桜色が、ほんのわずかに近づいた。

「ちょっと、何やってるのよ」

おなつが笑いながら、すずの袖《そで》を引く。

「花もいいけど、お饅頭《まんじゅう》を食べよう」

指差された方向を見ると、露店があった。台の上に饅頭を並べて売っている。近所の饅頭屋が花見客目当てに出張ってきたのだろうか。

すぐ隣には、甘酒売りもいた。「三国一甘酒」と書かれた箱を足元に置いている。

桜並木の端に置いてある長床几《ながしょうぎ》で甘酒を飲んだ客が茶碗を返して、再び花見に戻っていった。

おなつは饅頭売りと甘酒売りの間に立つ。

「両方ひとつずつください」

饅頭売りと甘酒売りが愛想よく「あいよ」と声を上げる。

すずは巾着《きんちゃく》の中から財布を取り出した。

「あの、あたしもひとつ——」

「饅頭ふたつちょうだい！」

すずが饅頭売りに代金を渡したと同時に、腰の脇からぬっと小さな握り拳が出てきた。見ると、五歳くらいの男児が銭を握りしめているらしい手を饅頭売りに向かって突き出している。

「ちょいと待ってな。この姉さんが先だ」

饅頭売りの言葉に、男児は半べそをかいてちらりと桜並木を振り返った。

「兄ちゃんに置いていかれちまうよぉ」

男児よりも少し背の高い少年の後ろ姿が見えた。紐《ひも》で繋いだ犬に、ぐいぐいと引っ張られている。

「隣のご隠居さんに犬の散歩を頼まれたんだ。もらった駄賃でおやつ買ってもいいって言われたんだけど——」

犬に引っ張られてどんどん遠ざかっていく兄の背中を、男児は心細そうに見つめた。兄は、元気のよ過ぎる犬がすれ違う人々に飛びかかったりしないよう、紐を短く持っているのが精一杯のようだ。

「お先にどうぞ」

すずが声をかけると、饅頭売りは苦笑しながら饅頭をふたつ紙袋に入れた。

「はいよ」

男児は目を輝かせて受け取ると、饅頭売りに代金を渡した。

「ありがとう！」

饅頭を受け取って、ものすごい勢いで駆けていく。

「姉さん、待たせたね」

饅頭売りに渡された紙袋は思っていたより重い。中を見ると、饅頭がふたつ入っていた。

「あたしが注文したのはひとつです」

すずが袋を差し出すと、饅頭売りは饅頭をひとつ台に戻した。

「姉さん、ありがとうよ」

すずは笑顔で首を横に振り、隣で甘酒を買う。

先に長床几に座っていたおなつのもとへ行くと、桜並木から子供の泣き声が聞こえてきた。振り向くと、少し離れたところで先ほどの男児が道の真ん中に座り込んでいる。転んでしまったようだ。目を凝らすと、買ったばかりの饅頭の袋が落ちていた。

すずは長床几の上に甘酒を置くと、饅頭を手に男児に駆け寄る。

「大丈夫？」

男児は激しく首を横に振った。

「饅頭が……もう駄賃は残ってないのに……」

袋が破けて、ひとつ転がり落ちていた。もうひとつは袋の中に入ったまま、無事のようだ。

「これをあげるから、お兄さんと二人で食べて」

自分の饅頭を差し出すと、男児は戸惑ったように唇を引き結んだ。饅頭は欲しいが、申し訳なくて手が出せない――そんな表情だ。

「遠慮しないで」

饅頭を男児に渡すと、すずは素早く長床几に戻った。

「まったく、あんたってばお人よしねえ」

呆《あき》れたように呟《つぶや》くおなつの隣に腰を下ろして、すずは少しぬるくなってしまった甘酒を飲んだ。

「いいの」

すずは微笑《ほほえ》んで、桜並木を見つめた。

ほんのりとした薄紅色の花の群れの上に、細長く伸びている雲がある。

「あの雲、昇り龍みたい。吉兆だといいわねえ」

おなつの言葉に、すずはうなずいた。

果てしなく広がる空の下、桜の花びらをそっと揺らす風が心地よかった。

第一話　出会い

ふうっと浮き上がるような感覚が湧き起こった。
すずは目を開ける。
明るかった。
暗闇の底から、いきなり真っ白な世界に引きずり出されたような心地だ。
すずは今、布団の上に仰向《あおむ》けになっている。
夢を見ていたような気がする。
まだ元気に出歩けていた頃の夢を――。
そっと左右へ目を向けてみれば、わずかに顔が動いた。
ゆっくり顔を大きく左右に向けてみれば、すんなりと首が回った。

白い障子が目に入る。自室の窓だ。

起き上がろうとしたが、体に上手く力が入らない。思いのほか頭が重く感じる。体を横に向けて、布団に手をつき、そろりと身を起こしてみる。肘《ひじ》で体を支えるようにしながら、布団の上に座った。

全身が重だるい。さっきまで頭の中を駆け巡っていた、ずきずきとした激しい痛みは小さな鈍い疼《うず》きに変わっているが、がちがちに背中が固まっているようで、息苦しい。どんなに大きく息を吸っても、胸の中までじゅうぶんに入ってこない。

すずは布団に手をついて、ぐらつきそうになる体を支えた。再び横になりたい衝動に駆られるが、このまま眠ってしまえば、もう二度と起き上がれないような気がした。

寝たきりにはなりたくないという一心で、すずは布団の上に座り続ける。

こうして身を起こしていられるようになったのも、甘酒を飲んで、ぐっすり眠ったおかげだろう。

すずが得体の知れぬ体調不良に悩まされるようになって、もう一年以上が過ぎた。滋養にいいといわれている甘酒を飲んで眠ると、不思議と体調がよくなるのだが、それもほんの一時のこと――またすぐに頭痛や目まいに襲われてしまうのである。

不幸中の幸いか、階下の店でも売っている甘酒はいつでもすぐ手に入るが――。

すずの家は、たまやという茶屋だ。浅草福川町《ふくかわちょう》にある最福《さいふく》神社の門前で、古くから商いを続けている。

最福神社は小さな町の小さな神社でありながら、「福」のついた名にたいそうご利益があると思われているようで、福を祈願するために訪れる者が多い。また、祀《まつ》られている今生《こんじょう》明神の名を「根性」にかけて、何かをやり遂げるための願かけに訪れる者も多い。

江戸の観光地としても名高い浅草寺《せんそうじ》のすぐ近くにあるという立地も、多くの人々をいざなう理由のひとつになっているようだ。

茶屋で一服する人々の話に耳を傾けていると、浅草寺を詣でた者たちが近所にある最福神社の存在を知って「縁起がよさそうだから、そっちにも寄ってみよう」――と訪れている流れがそれなりにあるらしいとわかる。

その恩恵を受けて、たまやも小さな茶屋ながらに、なかなか繁盛していた。

すずは歯を食い縛って布団から這《は》い出た。

何とか身支度を整えて、たすきと前掛を身に着ける。

階下の店では今頃、母のきよが一人でてんてこ舞いしているかもしれないのだ。自分だけ、いつまでも休んでいるわけにはいかなかった。

てきぱきと動けぬ体を叱咤《しった》して、そろりそろりと階段を下りれば、長床几《ながしょうぎ》に座ってのんびり茶をすすっている客がいた。

きよは別の客のもとへ汁粉《しるこ》を運んでいる。

心配していたよりもずっと、店はのどかだった。ゆったりと穏やかな時が流れている。すずに気づいたきよが歩み寄ってきた。

「もう大丈夫なのかい？」

店の隅の床几に座るよう、すずに促して、きよは調理場から甘酒を運んできた。客用の汲出《くみだし》茶碗ではなく、賄《まかない》を食べる時などに使っている筒型の湯呑《ゆのみ》茶碗を盆に載せている。

「まだ少し顔色が悪いよ」

床几に腰を下ろして甘酒を受け取りながら、すずは苦笑した。

体調を気遣われるのはいつものことで、申し訳なさが込み上げてくる。

湯気の立ち昇る甘酒をひと口、こくりと飲んだ。

甘い香りが軽やかに鼻からすっと体内へ入ってきて、こくのある熱い甘みがとろりと腹の底へ落ちていく。

続けて、ふた口、み口――。

ぼんやりしていた重い頭に、ほんの少しだが精力が注ぎ込まれた気がする。

やはり甘酒は、すずの体に効くのだ。

しかし、甘酒がいつまで気つけ薬になることやら。飲んでも、まったく効かなくなったらどうしよう。

根本から治さねばと思うが、何人かの医者に診《み》てもらっても原因は不明のまま。なぜこうも頻繁に頭痛や目まいに襲われるのか、さっぱりわからなかった。

いったいどうして、こんな体になってしまったのか。情けないやら、恨めしいやら。昨年の秋まで江戸の人々を苦しめていた疱瘡《ほうそう》（天然痘《てんねんとう》）にも罹《かか》らなかったというのに——。

自分は何の病なのかという不安が、すずの胸にどっと押し寄せる。

医者たちはみな口をそろえて「大病ではない。おそらく疲れだろう」と言ったが、本当だろうか。どれだけ眠っても取れぬ疲れなど、あるのだろうか。

茶屋の仕事が忙しい時は確かにあるが、年がら年中立ち働いているわけではない。繁盛しているといっても、母娘二人で切り回せるほどの小さな茶屋である。日が暮れて、最福神社の参詣客がいなくなる頃には、たまやへの客足もめっきり減るし、居酒屋のように夜遅くまで店を開けているわけでもない。

きよと二人で慎ましく夕食を食べ終えたあとは、できるだけ早めに寝ているのだ。しょっちゅう目まいが起こるほどの疲れが体にたまっているはずはない。

——では、心の疲れではあるまいか——。

そう見立てた医者もいた。

——長年にわたる父親の不在が大きな不安となって心をむしばみ、体に悪い作用をおよぼしているのではないだろうか——。

不調の原因を探るため、さまざまな質問に答えていた時の医者からの言葉だ。

――十年前に父親が行方知れずとなってから、母親の重荷になってはいけないと思い、幼い頃から店を手伝ってきた、その長年の心身の疲れが現れたのではないか――。

すずの父親は、ある日突然ふらりといなくなって、帰らなくなった。

博打《ばくち》で借金をこしらえて逃げたのではないか。こっそり囲っていた女のもとへ走ったのではないか――などと、さまざまな当て推量を告げてくる者たちもいた。

暇潰しのように茶屋を訪れ、まだ幼かったすずの前でも遠慮なく好き勝手な物言いをする者たちは意外と多かった。今思えば、親切ごかしに相手を貶《おとし》めることで、何かの憂さを晴らしていたのだろう。または、すずたちに同情することで悦に入っていたのか。

そんな輩《やから》は追い返したかったが、茶屋の客なので無下にすることもできない。気丈にあしらいながら注文を取り続ける母の姿を、すずは悲しい思いで見つめていた。

おっかさんを一人にしちゃいけない――。

自分がいない場所で母がもっとひどいことを言われるのではないかと幼心に危惧《きぐ》したすずは、母を守りたい一心で、店に出るようになった。

――無理をしていたのであろう――。

医者にそう言われると、否定できなかった。

すずはただうつむいて、ぎゅっと拳を握り固めていた。

――ほら、体に力が入り過ぎている。歯を食い縛る癖もあるな。そんなに力めば、肩も凝って、全身が強張《こわば》り、頭も痛くなるはずだ――。

少しのんびり過ごして、心身を休めなさいと、医者は言った。

だが、二人でなら切り回せる茶屋の仕事も、母が一人ですべて切り盛りしようとすれば無理が出る。しかし誰か雇おうと思っても、それほど高い給金は出せない。

けっきょく休み休み、すずも店に出るしかないのだ。

それに、布団に横になっていても、なまけているようで申し訳ないという気持ちが大きく膨らんでしまい、心底からゆっくり休むことなどできやしない。

もしかしたら、この体調の悪さは自分に対する罰なのではないかという思いもあった。

目を閉じると、まぶたの裏に、行方知れずとなった前日の父の顔が浮かび上がってくる。

困りきって眉尻《まゆじり》を下げ、何度も「ごめん」と謝る父の顔が――。

すずがまだ八つだったあの日、父は誤って、すずの玩具《おもちゃ》を踏みつけてしまった。そして紙で作られた蝶々《ちょうちょう》が、竹ひごの先から取れてしまったのである。

筆軸のような管の中に竹ひごを入れ、管の口を上や下に向けると、糸で竹ひごに繋《つな》がれた蝶々が飛んだり管に止まったりするように見える仕かけの玩具であった。

紙の蝶々は羽が破れてしまっていたので、何とか竹ひごの先につけ直したとしても、元通りにはならない。

すずは怒った。母にねだり続けて、やっと買ってもらった念願の玩具だったのである。

──おとっつぁん、ひどい。おとっつぁんのせいで、あたしの蝶々が死んじゃった。おとっつぁんなんか大っ嫌い──。

めそめそ泣き続けるすずに、父は根気よく謝り続けた。

──本当に、ごめんな。雨がやんだら、蝶々売りを探しにいってやるから──。

──雨がやんだらすぐに？──。

──ああ、すぐにだ。今度は二羽買ってきてやろうか。蝶々も、仲間が一緒のほうがいいだろう──。

そう言われて、やっと、すずは父を許した。

──約束ね、おとっつぁん。雨がやんだら、絶対に蝶々を連れてきて──。

──ああ、約束だ。おとっつぁんが必ず、新しい蝶々を見つけてきてやる──。

一日中降り続いていた雨は、翌朝になって上がった。

雲の切れ間から日の光が差す濡れた道を、父は進んでいった。

そして、そのまま帰らなかったのである。

──あたしが蝶々を連れてきてって言ったから──。

自分のせいだと震えるすずを、母は抱きしめた。

──馬鹿なこと言うもんじゃないよ。蝶々なんか関係ない──。

蝶々売りを探し歩いている途中で事故や事件に巻き込まれたのではないかと、岡っ引きたちも懸命に調べてくれた。

だが、何の手がかりもない。

大川から父の骸《むくろ》が上がることもなかったし、賭場《とば》の揉《も》め事で死んだ男が父だったという報《しら》せもなかった。まるで神隠しだ。

だから口さがない者たちは「借金か」「女か」と噂《うわさ》したのである。

けれど、すずにはわかっていた。父は、本当に、蝶々売りを探しに出かけたのだ。

なぜだかわからないが、物心ついた時から、すずには嘘《うそ》か真《まこと》かを見抜く力があった。人の言葉に宿った氣《き》を感じているのか、人が発する念を感じているのか——仔細《しさい》は不明だが、とにかく、ぴんとくるのである。

「蝶々売りを探しにいく」と言った父は、間違いなく本気だった。

だから家の近くに玩具の蝶々が落ちていたと岡っ引きが母に言っているのを聞いた時、すずは「やっぱり、あたしのせいで、おとっつぁんはいなくなってしまったんだ」と思ったのである。

ごめんなさいと泣いて謝るすずを、母も、岡っ引きも、いっさい叱《しか》らなかった。口をそろえて「おまえのせいじゃない」と言ってくれた。

——おとっつぁんは、すずちゃんの蝶々を本気で探す気なんてなかったのかもしれねえぞ。前から家を出たいと思っていたのかもしれねえ。蝶々を買いにいくってえのは、ひょっとしたら、ただ家を出るための口実だったのさ。家の近くに落ちていた蝶々は、きっと他の誰かの落とし物だったんだろうよ――。

気休めにもならぬ台詞《せりふ》ですずを慰めて、岡っ引きは帰っていった。

母は納得しきれていない表情をしながらも、岡っ引きの言葉に半分同意した。

――すずの言う通り、おとっつぁんは嘘をつくつもりなんてなかったと思うよ。だけど、出かけたあとに気が変わったのかもしれない。前々から、この茶屋を守っていく以外の暮らしをしたくて――出先で、ふっと魔が差してしまったのかもしれない――。

とにかく、すずは何も悪くないのだと、母はくり返した。

月日が経《た》つにつれ、父の話は出なくなった。

口さがない者たちも、いつしか茶屋に現れなくなった。

そして父の影は薄れていったのである。

しかし心の奥底でいつも、すずは自責の念に駆られていた。

あの時あたしが「絶対に蝶々を連れてきて」なんて言わなければ――。わざと踏んだんじゃないんだもの、おとっつぁんをすぐに許せばよかったのよ。そうすれば、今も家族三人で幸せに暮らしていられたかもしれないのに――。

父は、どうしていなくなったのか。

いなくなったのは、すずのせいではないのか。

その思いが、すずの心の奥底に十年間ずっとわだかまり続けている。

湯呑茶碗に残った甘酒を見つめて、すずはため息をついた。

蝶々売りを探しにいった父は出先で事故に遭い、記憶をなくしたか何かの事情で帰れなくなってしまったに違いない——などと考えたこともあった。

とにかく、家族との暮らしに不満があったわけではないのだと信じて、前向きに生きようとしたのだが、こうも体の具合が悪いと、何事も前向きに考えられなくなってしまう。父の消息が自分の体調に関わっているのであれば、もう治らないかもしれないと、心が折れそうになってしまう。

「やっぱりもう一度、医者に診てもらったほうがいいかねえ」

きよの声に、すずは顔を上げた。

「さっき、おせんさんが来たんだけどね」

たまやの常連客である。最福神社門前にある小間物屋《こまもの》、柴田屋《しばた》の元女主《おんなあるじ》で、息子夫婦に店を譲って隠居しているのだが、暇を持てあましているようで毎日きよに嫁の愚痴をこぼしにきていた。すずの体調が悪い時には、店を手伝ってくれたりもする。

「材木町に、新しい看板を上げた医者がいるって言ってたんだよ。評判がいいらしいから、おまえも行ってみないかい？」

すずは弱々しく首を横に振った。

「お医者さんは、もういい。どうせ、はっきりとした原因なんてわからないのよ。また『長年の疲れでしょう』なんて言われて、気鬱《きうつ》の病か何かに見立てられるんだわ。甘酒を飲む以上によくならないんじゃ、お金だってもったいない」

「だけど、おまえ――まだ十八なんだよ。今しっかり体を治しておかなきゃ、この先いつか子供を産むにしたって、とても身が持たないよ」

すずは自嘲《じちょう》の笑みを浮かべた。

「こんなんじゃ、子供どころか嫁入りだって無理よ」

きよがすずの前にしゃがみ込む。

「そんなこと言わないで。医者に診てもらおうよ。薬代も、そんなに高くないらしいよ」

すずは頭を振った。きよの手が、すずの手を強くつかむ。

「もう一度だけ――もう一度だけでいいからさ。ね？」

すがるように握りしめてくる、きよの手が熱い。決して責めることのない、いたわりの眼差《まなざ》しがつらい。

きよの手に、ぎゅっと力がこもった。

「あたしはあきらめないよ。絶対に、おまえの体を治すんだ。だから医者のところへ行こう」

母のしわしわな手の甲に、すずは泣きたくなった。

父がいなくなってから、女手ひとつで守り育ててくれた母の苦労がすべてこの手の中に詰まっているように見える。

もう一度元気になれたら――、おっかさんを悲しませずに済んだら――。

よくなりたいという思いが、すずの胸から溢《あふ》れ出す。

早く元気になって、ちゃんと、おっかさんを支えたい。

すずは唇を引き結んでうなずいた。

「わかった。もう一度だけ、お医者さんに診てもらう」

きよの顔に安堵《あんど》の笑みが浮かぶ。

「善は急げだ。店を閉めて、今から行こう」

「駄目よ、おっかさん。あたし一人で行ってくるから」

きよが不安そうに眉尻を下げる。

「だけど、途中でまた具合が悪くなったら――」

「大丈夫よ。材木町なら、ここからすぐだし。もし具合が悪くなったら、我慢しないで駕《か》籠《ご》を使うわ」

「でも――」

店の戸口に新たな客が立った。

「おっかさん、ほら、お客さんよ」

きよは慌てて立ち上がると、笑みを浮かべて振り返った。

「いらっしゃいませ。こちらへどうぞ」

長床几に客を案内して、注文を取ると、きよは調理場へ入っていった。

すずは客に背を向けて、前掛とたすきをはずす。

過度な期待は抱かぬほうがよいと自分に言い聞かせながらも、ひょっとしたら新しい医者のもとでひと筋の希望が見い出せるかもしれないと、つい思ってしまう。

きよに店を任せると、巾着《きんちゃく》袋の紐《ひも》を握りしめて、すずは医者のもとへ向かった。

たまやの目前にある最福神社へ寄り、神に平癒を祈願してから、福川町を出る。

神さま、どうか頭痛や目まいを治して、一刻も早くあたしを元気にしてください——。


駒形堂の前を通り過ぎ、北へ向かって進めば、すぐに浅草材木町へ着く。

心地よい秋風が吹く中を、大勢の人々が行き交っていた。

ねじり鉢巻きをしめ、印半纏《しるしばんてん》をまとって闊歩《かっぽ》していく職人風情の男たち。

浅草寺を詣でてきた帰りか、守り袋を掲げて笑いながら歩く若い娘たち。

天秤棒《てんびんぼう》を担いで通り過ぎていったのは、すすき売りだ。

明日、葉月（旧暦の八月）十五日は月見だったと、すずは思い出す。

うちも、すすきや団子を用意しなくちゃ——。

そんなことを考えられる余裕が出てきたと気づいて、すずは安堵の笑みを漏らした。

今のところ、ひどい頭痛や目まいは起こっていない。

外に出て気を張っているせいか、最福神社に詣でた恩恵か。どちらにしても、思い切って出かけてみてよかった。

もしも出先で気分が悪くなって、万が一にも吐き気をもよおしたりしたら――と思い、巾着袋の中に手拭いを三枚も入れてきたのだが、どうやら使う必要はなさそうだ。

万全の体調とまではいかないが、浅草材木町にいるという医者のもとへも、このまま何事もなく辿《たど》り着ける――と思ったその時、ずきんと頭の中に痛みが走った。

すずは不安に駆られる。

また不調の波が襲ってきたのか――。

いつくるかわからない目まいに備えて、すずは道の端に寄った。人通りの多い道の真ん中で倒れたりしたら、周りの人々に迷惑をかけてしまう。

人込みを避けて、大川の河岸沿いをゆっくりと進む。

船宿などが建ち並んでいる道の端に植えられていた枝垂《しだ》れ柳の木が目に入った。

あの木の下へ行って、少し休もう――。

すずは大きく乱れそうになる息を整えようと努めながら、枝垂れ柳の木を目指した。

不安に駆られ過ぎると、息が乱れたり体が強張ってしまったりすることは、去年の春以来、嫌というほど学んだ。体調が悪くなりそうだと思って不安になった時は、深い呼吸をくり返して心を落ち着けるのがよいのだ。そうすると、覚悟していたよりもひどくならない場合がある。

すずは枝垂れ柳の木にもたれようと、幹に手を伸ばした。

と、その時、木の反対側に誰かが座り込んでいるのに気づいた。

すずは立ち止まり、そっと木の向こう側を覗《のぞ》き込む。

枝垂れ柳の木の根元に、長く垂らした総髪の若い男がもたれていた。

総髪といえば医者や儒学者、浪人者が思い浮かぶが、そのどれにも当てはまる気がしない。大きく前が乱れた着流し姿で、じっとうつむいている。腰に刀は差していないので町人だ。

通りを行き交う人々は、男に手を差し伸べることもなく過ぎ去っていく。明らかに避けて通っているが、総髪の男は細面《ほそおもて》の細身で、やくざ者になど見えない。どちらかといえば、役者のような風情だ。

見るからに上等な着物をまとっているので、どこぞの若旦那《わかだんな》だろうか。地面にべったりと腰を落としているせいで、着物に土がついてしまっているが、品のよい無地の黒紅色は、男が身じろぎすると美しい艶《つや》を見せた。

息が苦しいらしく、時折、肩を大きく上下させている。

もしかして、あたしと同じような苦しみを抱えているのかしら――。

総髪の男が地面に右手をついた。

あのまま突っ伏してしまうのだろうか――。

すずは男に歩み寄った。

「あの、大丈夫ですか？」

男がゆっくりと顔を上げた。

虚《うつ》ろなふたつの目が、すずを見つめる。

「みふゆ……？」

すずは首をかしげた。

誰かと間違えているらしいが、よほど具合が悪いのか、続く言葉が出てこない。男は地面に右手をついたまま、じっとしていた。

「大丈夫ですか？」

もう一度声をかけると、男はがっくりと首を落としてうなずいた。

「ああ……」

かすれた声が返ってきたが、どう見ても大丈夫ではない様子だ。

すずは辺りを見回した。

助けてくれそうな者は誰もいない。目が合っても、すぐにそらされてしまう。

「どうしよう、誰か――」

大きな声を上げようとしたら、再びずきんと頭の中に痛みが走った。

くらりとする。

すずは枝垂れ柳の幹に手をついて、体を支えた。

「おい、おまえ――」

男がよろりと立ち上がった。

「おまえのほうが具合悪いんじゃないのか？」

男はすずを見下ろして、眉根を寄せた。

「ずいぶん顔色が悪いじゃないか。人の心配なんかしている場合じゃないだろう」

男は通りに向かって立ち、きょろきょろと辺りを見回した。

「駕籠は見当たらないな」

「あたしは大丈夫です。ちょうど今から、お医者さんに診てもらいにいくところなんですよ」

すずは作り笑いを浮かべてみせた。

「甘酒を飲めば、すぐによくなるんですけど――」

男は怪訝《けげん》そうに首をかしげる。

「甘酒？」

男はまじまじと、すずを見た。

「なるほど——そうか——甘酒が好きなのか——」

男は眉間に深くしわを寄せて、独り言《ご》つように続けた。

「好物を得れば、おのずと力も湧くだろう。この上なく美味《うま》く感じるならば、ここまで執着するのも当然か」

今度は、すずが首をかしげた。

「いえ、そこまで好物というわけでもなかったんですが、甘酒を飲むとなぜか体が楽になるので、手放せなくなって」

男は訳知り顔でうなずいた。

「ここへ来るまでの間に、甘酒売りを見たぞ。きっと、まだ近くにいるだろう」

すずは、ごくりと唾《つば》を飲んだ。甘酒が欲しくて、たまらなくなる。

けれど、甘酒売りを捜し歩いているうちにもっと具合が悪くなったらどうしようという不安があった。

すずは男の目をじっと見つめる。

「申し訳ありませんが、甘酒を買ってきてはいただけませんか？」

「それは構わないが——」

男は言い淀《よど》んだ。

「おれは今、一銭も持っていない」

すずは巾着から財布を取り出した。男の目を見つめ続けながら差し出す。

「これでお願いします」

男は眉をひそめた。

「簡単に財布を渡していいのか？　おれは甘酒など買わずに、そのまま逃げるかもしれないぞ」

すずは首を横に振った。

「あなたはそんなことしません」

男は口元をゆがめた。

「なぜ言い切れる？　誰でも信じてしまう馬鹿なのか？」

「あたし、わかるんです」

すずは微笑んだ。

男はしばし無言になって、すずの目をじっと見た。

やがて、すずの頭上を眺めながら、男は大きなため息をつく。

「わかった。甘酒を買ってくる」

すずの手から財布を抜き取ると、男は勢いよく駆けていった。どうやら、すずが思っていたよりも体調は悪くないらしい。

すずは枝垂れ柳の木にしがみついて目を閉じ、ほうっと息をついた。

「よかった……」

甘酒を買ってきてもらえれば、きっと楽になれる。

風になびく枝垂れ柳の枝と枝の間から、すずは男が駆けていった方角をぼんやり眺めていた。

しばらくすると、行き交う人々の向こうに、甘酒をこぼさぬよう慎重に茶碗を運んでくる男の姿が見えた。ゆっくりと近づいてくる。

「待たせたな」

甘酒が入った茶碗と財布が差し出された。

「ありがとうございます」

まず財布を受け取って、巾着の中にしまった。続いて、甘酒を受け取る。

茶碗を口元に運ぶと、甘やかなにおいが鼻先に漂ってきた。それだけで、もう救われたような気分になる。

ひと口こくりと飲めば、温かい甘酒が体内に広がった。じわじわと滋養が体に染み込んでいくようだ。

ごくごく飲み続けると、あっという間に茶碗が空になった。

「ああ――」

息が楽になった。もう頭痛もない。体が軽くなった。

すずは男に向き直る。

「本当に、ありがとうございました。おかげさまで、お医者さんのところまでちゃんと歩いていけそうです」

男は痛ましげな目をすずに向けた。

「何の病か、わかっているのか？」

「いいえ。一年以上もずっと体調が悪くて、何人かのお医者さんに診てもらったんですけど――原因は不明だと言われるばかりでした」

すずは茶碗を両手で握りしめる。

「材木町で新しく看板を掲げたお医者さんが、評判いいらしいんです。だから、もう一度だけ診てもらおうかと思って」

「最後の望みというわけか」

「ええ」

目の前を通り過ぎていく若い娘たちの楽しそうな笑い声が、すずの耳の奥に突き刺さった。見ると、三人の娘たちが横並びになって歩いている。

「団子屋にも寄らなくちゃ。おっかさんに、月見団子を買ってこいと言われたのよ」

「あたしは、すすきを買ってこいと言われたわ」

「うちのおっかさんは家で団子を作るんだけど、手伝えって毎年うるさいのよねえ。嫌になっちゃう」

すずの胸に、ぽっと小さな黒い染みが浮かび上がってくる。

団子作りくらい快く手伝ってあげればいいのに――などと思ってしまう。

肩を寄せ合って歩いていく三人の後ろ姿を見つめて、すずは泣きたくなった。

去年、桜が満開だった頃は、すずもおなつと一緒に出歩いていたのだ。店の仕事もちゃんとして、客が少ない頃合いを見計らって出かけさせてもらった。

あの時はまだ、きびきびと動くことができていた。おなつと一緒に桜並木を眺めながら甘酒を飲んだあと、神田まで行って古着屋をひやかし、さらに日本橋の小間物屋を覗いたのだったが、頭痛も目まいも感じずに、ただただ楽しかった。

その翌朝もちゃんと起きて、店の仕事をこなしたのだ。

それなのに、今は――。

すずの胸に浮かび上がった黒い染みが、じわりじわりと広がっていく。

すずは三人の背中から顔をそむけた。

枝垂れ柳の下から抜け出して、大川の前に立つ。

滑るように目の前を通り過ぎていく荷船、それを追い抜かす勢いで軽やかに進んでいく猪牙船《ちょきぶね》――船を操る船頭たちは日焼けしたたくましい腕をむき出しにして、力強く櫓《ろ》を漕いでいた。

何もできない今の自分がつくづく嫌になる。

すずは目を細めた。

日の光に照らされて、水面《みなも》がきらきらと輝いている。

その美しい輝きが、もう二度と戻らぬ過去の幸せのように思えた。

遠くで幼子の笑い声がする。

「おとっつぁん、早く、早く。渡し船が行っちゃうよ」

「慌てなくても大丈夫だ。ゆっくり行こう。ほら、手ぇ繋げ」

すずは両手で茶碗を握りしめた。

おとっつぁん――。

目を閉じると、真っ黒な暗闇がまぶた中にあった。

「そろそろ行くか」

男の声に、はっと我に返る。

目を開けると、隣にたたずんでいた男がじっとすずを見下ろしていた。

「医者のところまで送ってやる」

「いえ、そんなご迷惑は――」

「茶碗を返すついでだ。おれがいなくちゃ、甘酒売りのいる場所がわからないだろう。いいから来い」

　すずをさえぎって、男はすたすたと歩き出した。

「ぐずぐずしていると、甘酒売りが行っちまうぞ」

　すずは手の中の茶碗と男の後ろ姿を交互に見た。男は迷いのない足取りで、材木町のほうへ歩いていく。どうやら医者のもとへ向かう途中の道筋に甘酒売りはいるようだ。

「優しい人ですね……」

　思わず、男の背中に向かって呟いた。

「早く来いよ！」

　男は振り向きもせずに歩いていく。すずは急いで、そのあとを追った。


　板敷の待合室に入ると、ちょうど総髪の若い男が診察室の戸を引き開けて出てきたところだった。そのあとから、杖《つえ》をついた白髪の老爺《ろうや》がゆっくりとした足取りで歩いてくる。

「先生、本当にありがとうございました」

　老爺は振り向くと、曲がった腰をさらに深く折り曲げて頭を下げた。

「気をつけて帰りなさい」

　診察室の戸口まで出てきたのは総髪の中年男だ。ほんのわずかに白髪が混じっている。がっちりとした体格で、医者というより剣術者のような風情だ。

「緒方《おがた》先生が材木町に来てくださったおかげで、わしもずいぶん気持ちが楽になりました。先生に言われた通り、晴れた日に毎日外へ出るようになってからは、何だか体も楽になりまして」

緒方は満足そうに目を細める。

「足腰が痛いからといって、家の中に閉じこもってばかりいてはいかんのだ。日の光を浴びて、体を動かし、景色を眺めて、人と話す。つまり、体とともに心を動かすことが大事なんだ」

老爺は感嘆の唸《うな》り声を上げる。

「確かに――散歩に出て河原の草花を眺めたりしていると、もう少し先まで行ってみたいという気になりますな。顔見知りに会って他愛のない話をすると、楽しくなって、また外へ行こうという張り合いが湧きます。散歩のあとの飯は、たまらなく美味いんですわ」

緒方は笑った。

「無理のない範囲で動きなさい」

「はい、ありがとうございます。見習先生も、ありがとうございました」

老爺は総髪の若い男にも深々と頭を下げた。見習は、緒方に比べるとまるで小枝のように細い体を折り曲げて一礼を返す。

「お大事になさってください」

老爺を見送ると、見習は、すずに目を移した。

「初めての方ですね」

「はい」

見習は鷹揚《おうよう》にうなずくと、緒方を手で差し示した。

「あちらが緒方章三郎《しょうざぶろう》先生です。わたしは見習の竹次郎《たけじろう》と申します」

「あたしは福川町から参りました、すずと申します」

一礼したすずをじっと見てから、竹次郎は、すずを送ってきてくれた男に目を移した。

「あなたも顔色が悪いようですが――お二人とも診察をご希望ですか？」

「いや、おれはいい」

男が即答する。

「こっちは、ただの不摂生だ。滋養のある物を食べて、よく眠り、まっとうな暮らしに戻れば、じきに回復する」

緒方が眉をひそめて男の前に立った。

男の顔を覗き込むと、右手で両目のまぶたを持ち上げたり、手首に指を当てて脈を調べたりし始める。

「舌を出してみろ」

男は素直に、べえっと大きく舌を出した。

「ふむ——やつれているのが気になったが、どうやら本当に不摂生の賜物《たまもの》らしいな」

男は自信満々な顔でうなずいた。と同時に、ぐぐーっと男の腹が鳴る。

緒方は呆れ笑いを浮かべた。

「腹が減っているのか」

男は悔しそうに顔をしかめた。

「このところ、ろくに食べていなかったのでな」

緒方は顎《あご》に手を当て、男を見やる。

「何の仕事をしているんだ？」

男はしばし無言になった。

「働いておらんのか。以前は何をしておった？」

緒方は男の腕や胸を軽く叩《たた》く。

「細いが、ある程度は鍛えておったのではないか？」

男は唇を引き結んで、睨《にら》むように宙を仰いだ。

「——占い師だ」

緒方が目を瞬《また》かせる。

「おれは占いを生業《なりわい》にしている。今は——少しばかり仕事を休んでいるんだが——」

緒方は首をかしげた。

「仕事が手につかなくなるようなことが、何かあったのかな。ろくに食べていないばかりではなく、あまりよい睡眠も取れていないだろう」

男は自嘲めいた笑みを浮かべる。

「閑古鳥が鳴いたから、少しのんびりしていただけのことさ」

「ふうん……」

それ以上は問わずに、緒方は見習を振り返った。

「竹次郎、もらい物の大福餅《だいふくもち》があっただろう。あれを出してやれ」

「えっ！」

竹次郎の顔が悲しそうにゆがむ。

「あれは、裏のおさきさんが『先生と見習さんに』って持ってきてくれた物じゃありませんか。亀坊《かめぼう》が急に熱を出した時、夜中にもかかわらず駆けつけてくださったから助かったんだって――」

どうやら緒方は近所の者たちから慕われているらしい。

おさきさんと亀坊が裏長屋の住人であれば、緒方は話に聞いていた通り、それほど高くない薬代で患者を診ているのだろう。先ほどの老爺も、失礼ながら金持ちという風情ではなかった。

「いいから大福餅をやれ」

緒方の言葉に、竹次郎はすねたように唇を尖《とが》らせる。緒方が眉を吊《つ》り上げた。

「竹次郎」

「わかりましたよ」

竹次郎が廊下の奥へ去っていくと、緒方はすずに向き直った。

「それで、おまえさんは？」

「一年以上ずっと体調が悪くて、寝たり起きたりの状態が続いているんです。何人かのお医者さんに診てもらったんですけど、原因がまったくわからなくて。今日は何とか一人で外に出ることができたんですけど……やっぱり途中で具合が悪くなってしまって、偶然居合わせたこちらの占い師さんに送ってもらったんです」

緒方の目が鋭く光った。

「診よう」

促されて診察部屋へ入り、戸を閉めようとすると、占い師がじっとすずのほうを見ていた。

だが、目は合わない。

占い師は何を考えているのかさっぱりわからない表情で、すずの頭のななめ上を凝視していた。

占い師の時と同じように、緒方はすずの目や舌を調べて、脈を取った。

問われるままに、日々の様子や、月の障りの事情などを答えると、緒方は小難しい表情で長い唸り声を上げた。

「おまえさんの体調不良がなぜ起こっているのか、皆目見当がつかないな」

緒方は乱暴に頭をかいてから、心を落ち着けようとするように居住まいを正した。

「もう一度聞くが、おまえさんの体調がおかしくなり始めたのは去年、桜の散る頃からだったな？」

「はい。桜が満開だった頃は、まだ何ともなかったんです。友人と一緒に大川の桜並木へ行ったのをよく覚えていますから、間違いありません」

病が巣食っている場所を探るように、緒方は何度もすずの全身に目を走らせた。

「最初は、風邪を引いたのかと思ったんです。だから頭が痛くて、だるいんだと思っていました。だけど熱はないし、鼻水や鼻詰まり、くしゃみも咳《せき》もなくて――ただ具合が悪いとしか言いようがなくなったんです。夏が終わる頃には、ひどい息苦しさや目まいが続いて、たびたび寝込むようになって――」

緒方は再び唸った。

「甘酒を飲むと、ほんの一時だけ体調がよくなるのだったな？」

「はい。でも、治ったとまではいきません。ちょっと楽になるくらいで、またすぐ駄目になってしまうんです。今日もそうでした」

緒方は額に手を当て、考えをまとめているかのように瞑目《めいもく》した。

「やはり、わからん。甘酒は確かに滋養にいいが、薬ではないしな。飲んだからといって、そんなにすぐ楽になるという代物でもない」

すずはやるせない思いで緒方をじっと見つめた。

「じゃあ、どうして、あたしの体に効くんでしょうか」

「わからん」

緒方は即答して目を開ける。

「だが、体調不良のもとを突き止めなければ、根本からは治せない」

緒方の言葉がすずの胸に突き刺さった。

わかりきったことを改めて医者に言われ、どうしようもなく胸が重苦しくなる。

「今は少し頭痛があるぐらいで、他に気になるところはないんだな？」

「はい」

緒方はぐっと深く眉根にしわを寄せた。

「では次また寝込んだ時に呼んでくれ。苦しんでいる様子を実際に診れば、何かわかるかもしれん。今は、それしか言えんな」

今日ここで終わりにしようと思って来たのに――。

納得できない気持ちを抱えながらも「わかりました」と頭を下げて、すずは医者のもとを辞した。

ここへ来る前に最福神社へ寄って平癒祈願をしたが、やはり駄目だった。

暗い気持ちで待合部屋に戻ると、占い師が胡坐《あぐら》をかいたまま腕組みをして、壁にもたれていた。先ほどより顔色がよく、だいぶ元気に見える。

「占い師さん」

じろりとすずを見て、占い師は立ち上がった。

「おれは一条宇之助《いちじょううのすけ》だ。何の病か、わかったか？」

すずは首を横に振った。宇之助は目を細めて、すずを見下ろす。

「やはり、おれの見立て通りか」

すずは首をかしげた。

「いったい、それはどういう――」

「今日のお代はけっこうですので、どうぞこのままお帰りください」

すずの問いをさえぎるように、後ろから竹次郎の声がかかった。

「いえ、それは申し訳ないです。診ていただいたんですから、ちゃんとお支払いします」

振り向いたすずに、竹次郎が優しく微笑《ほほえ》んだ。

「何のお力にもなれず申し訳ないと、先生がおっしゃっています。すずさんの具合が悪い時に、また診せてください。その時は、きちんと薬代をいただきますので」

「ここは甘えておけ」

宇之助が口を挟んだ。

「あの医者は、貧乏人を相手にして安く診ることが生き甲斐《がい》なんだろう。人を救うことが天命だと思っているのさ。何人もの医者に匙《さじ》を投げられてきたおまえに対しては、何の病か突き止められなくて、申し訳ないとさえ思っているんだ」

まるで緒方の心を覗いてきたかのような口ぶりだ。

宇之助は竹次郎に向き直る。

「あの人はお人よしで、相当な負けず嫌いだよな？」

突然の問いに、竹次郎は目を瞬かせた。

「診察しなくていいと言ったおれを、けっきょく待合室で診たじゃないか。大福まで与えた。いつも、あんな感じなんだろう？」

竹次郎はうなずく。宇之助は「やっぱり」と声を上げた。

「自分の手で治せない患者がいると、ひどく機嫌が悪くなったりは――」

「するよ」

「それだけ熱心なんだよな」

「ああ」

竹次郎は両手の拳を握り固めた。

「緒方先生は、医者の鑑《かがみ》だよ。あの人の下で学べることを、わたしは心から誇りに思っているんだ」

竹次郎は、すずに向き直った。

「この男が言ったように、緒方先生はあなたの不調の原因を突き止められなくて、たいそう悔しがっておいでです。『何人もの医者にかかって、少しもよくならないなんて、気の毒でならない。これまでかかった薬代も馬鹿にならないだろう』と、おっしゃって」

竹次郎は眉尻を下げた。

「哀れみなどいらないと、怒らないで欲しいのですが――緒方先生は、今回の薬代を、意地でも受け取らないと思います。ただ話を聞いただけで、何も役に立てなかったと、心底から残念がっていらっしゃいましたから」

すずは竹次郎の目を見つめた。竹次郎が微苦笑を浮かべる。

「わかりました。では、お言葉に甘えさせていただきます。本当に、ありがとうございました」

すずは深々と頭を下げた。

「では行くぞ」

宇之助が表口を顎で指した。竹次郎が顔をしかめる。

「あんたからは大福代を取りたいぐらいだよ。六つ全部食われるとはな」

宇之助は、にっこり笑う。

「あれは実に美味かった。おかげで、体に力が戻ってきたぞ」

竹次郎が悔しそうに、ぐっと唇を引き結んだ。

「わたしの大福……」

宇之助が鼻先で笑う。

「緒方が『やれ』と言った瞬間から、おれの大福さ」

竹次郎はぎろりと宇之助を睨みつけた。

「緒方先生と呼べ！」

宇之助は肩をすくめると、にやりと笑いながら表へ出ていった。その足取りは軽く、つい先ほどまで道端にうずくまっていた人物とはとても思えない。

大福餅を六つ食べたとたん、こんなに元気になったのかと驚くが、宇之助にとって大福餅は、すずにとっての甘酒なのか。

すずは竹次郎に一礼すると、宇之助のあとを追った。

「あのっ、ここまで送ってくださって、本当にありがとうございました！」

大きな声を出したら、ずきんと頭が痛んだ。

宇之助が立ち止まって振り向く。

改めて頭を下げると、くらりと急に目まいが起こった。体から力が抜けて、かくんと膝が崩れる。身を起こそうと慌てて胸をそらすと、今度は意識が後ろへ引っ張られた。倒れる――。

「おっと」

引っくり返ると思った体は、がっちりと宇之助に支えられた。

「大丈夫か」

閉じそうになっていた目を開けると、心配そうな宇之助の顔がそこにあった。

すずの腰に手を回して、力強く抱き留めてくれている。背中に伝わる温もりが心地よかった。

「また甘酒が必要だな」

そうだ、甘酒を飲めば楽になる。

「だけど、次また具合が悪くなったら診せるよう、緒方先生に言われたんです。すみませんが、もう一度、先生のところまで連れていってもらえませんか？」

すずは宇之助の襟元をつかみながら何とか体勢を立て直した。

しかし、意識が薄れていきそうな感じは消えない。頭の後ろにある暗闇から無数の手が伸びてきて、すずの魂を地の底へ引っ張っているのではないかと思えた。

ずきずきと頭が痛む。すうっと体が冷えていく。

とてもじゃないが、緒方のもとまで一人で歩いていけるとは思えなかった。

今ここで倒れたら、もう二度と起き上がれない気がする。

「お願いです。もう一度、緒方先生のところへ――」

何とか声をしぼり出して宇之助を見ると、宇之助はすずの体を支えたまま宙を睨んでいた。

「医者のところへ戻っても無駄だ。おまえの不調は、医者に治せるものではない」

険しい表情で断言すると、宇之助は宙を睨んだまま、ぶつぶつと何かを呟《つぶや》き出した。

それはまるで呪文《じゅもん》のような、不思議な言葉だった。

何を言っているのかは聞き取れない。

高過ぎず、低過ぎぬ声が穏やかに、すずの頭の中を通り過ぎていく。

僧侶が唱える経のようでもあるが、どこか胡弓《こきゅう》の音色を思わせるような声色《こわいろ》でもあった。

宇之助の声に導かれるように、沈みかけていたすずの意識がゆっくりと浮上してくる。

頭痛がやわらいだような気がする。

ふと空を仰げば、澄み渡った青がそこにあった。浮かんでいる雲のひとつに目が吸い寄せられる。

白い蝶のような雲――。

「今のおまえに必要なのは甘酒だ」

宇之助を見ると、真剣な目をしていた。

「甘酒を飲むしか手立てはない」

なぜ断言できるのかわからないが、宇之助は本気でそう言っている。

「茶屋まで送ってやるから、甘酒を飲め」

まだぼんやりしている頭で、すずはうなずいた。

宇之助に、ぐいと腰を引かれる。

「おれの肩に腕を回せ。甘酒のもとまで、もう少し頑張れ」

甘酒という言葉が呪文のように頭の中を駆け巡った。すずは促されるまま、宇之助の肩に左腕を回す。

腰を抱かれながら歩き出した。

体に上手く力が入らず、まるで雲を踏むような足取りだ。宇之助が支えてくれているおかげで、まともに進むことができている。

ふと、すれ違う人々の視線を強く感じた。顔を上げて周囲を見回せば、主に年配の男女が怪訝《けげん》そうな目をすずに向けていた。顔をしかめて、じろじろと責めるように見つめてくる者もいる。

若い娘がみっともない――そんな声が聞こえてきそうだ。どうやら、ふしだらな女に見られているらしい。

けれど人々の視線は、すぐにどうでもよくなってしまう。

とにかく甘酒が飲みたい一心で、すずは宇之助に促されるまま歩き続けた。


やがて一軒の茶屋へ入る。

「いらっしゃいませ――お連れさま、どうしたんですか⁉」

店の茶汲み女が、すずを見て駆け寄ってきた。

「急に具合が悪くなってしまったんだ。しばらく休ませてもらいたい」

「どうぞ、こちらへ」

店の奥の長床几に座らされた。

「甘酒をひとつ頼む」

すずは首を横に振った。

「ふたつ――いえ、みっつ、お願いします」

「かしこまりました」

茶汲み女が調理場のほうへ入っていくと、宇之助は痛ましげな目ですずを見た。

「三杯飲まなければならないほど、つらいか」

すずは力なく微笑む。

「あたしは二杯いただきます。もう一杯は、宇之助さんが飲んでください」

宇之助は目を見開いた。

「おれは手持ちがないと言っただろう。施しなど受けないぞ」

「今日のお礼です。いろいろご親切にしていただいたので」

宇之助は首を横に振った。

「礼なんかいらない」

「お待たせいたしました、甘酒三杯です」

茶汲み女が甘酒の入った茶碗をみっつ長床几に置いて去っていく。

すずはさっそく茶碗をひとつ手にした。

ぐびりと飲めば、ほどよく温められた甘酒が喉を伝って体内へ落ちていく。先ほど宇之助の「呪文」で楽になった体が、さらにぐんぐん楽になっていく。

もうひと口、もうひと口と、体が欲するままに、すずはごくごくと飲んだ。

飲み干して、大きく息をつく。

冷えていた全身に熱が回り、足の裏から頭のてっぺんまでぽかぽかしてきた。背中の中心もじんじんと熱くなっている。生きているのだという実感が、ひしひしと込み上げてきた。

すずは空になった茶碗を置いて、新しい茶碗を手にした。先ほどよりも少しぬるくなった甘酒を、今度はゆっくり味わう余裕が生まれている。

すずは微笑んで、宇之助を見た。

「甘酒が特別な飲み物じゃなくて、よかったです」

宇之助がうなずいた。

「文政九年（一八二六）の今では一年中出回っている甘酒も、明和（一七六四〜七二）の頃までは冬の夜の商いだったというからな。江戸の夏を乗り切るためには甘酒が欠かせないとまでいわれるようにしてくれた、先人たちに感謝するがいい」

「はい」

温めた甘酒に生姜《しょうが》のしぼり汁を垂らして飲むと、体から汗が出る。その汗を冷ますため川風に当たり、涼を取るのが、夏を乗り切るための江戸っ子の知恵なのである。

すずは宇之助の膝の脇に甘酒の茶碗をひとつ置いた。

「どうぞ召し上がってください。あたし、三杯までは飲めませんから。嫌いなら、無理には勧めませんけど――」

宇之助は眉根を寄せた。

「借りを作るのが嫌いなんだ」

すずは笑みを深める。

「自分が嫌いな借りを、人には平気で作らせるんですか？　あたしも借りが嫌いだと言ったら、どうします？」

宇之助は甘酒に視線を落とした。

「では甘酒代を貸してくれ。そのうち必ず返すから」

すずは笑いながら「はい」と答えた。宇之助が、やっと茶碗を手にする。

「さっき福川町に住んでいると言っていたが、福川町のどの辺りなんだ？」

「うちは最福神社の門前で、たまやという茶屋を営んでおります」

「おれは福富町《ふくとみちょう》一丁目だ。浅草天文台の近くにある二階家に住んでいる」

浅草天文台は、福富町の東側に建っている幕府の測量施設だ。天明二年（一七八二）に建てられた。もとは牛込《うしごめ》にあった天文台が、この地へ移されている。

「おれの住まいは鳥越川《とりごえがわ》の近くで、以前は、かもじ屋だったところだ。一条宇之助という占い師の住まいはどこかと尋ねれば、きっとすぐにわかる。もちろん甘酒代は、近いうちに、こちらから返しにいくが――」

「大丈夫ですよ」

すずは宇之助の目をじっと見つめた。

「もし嘘をついていれば、ちゃんとわかりますから」

宇之助はもぞりと座り直して、甘酒をすすった。すずも茶碗に残っている甘酒に口をつける。

「そういえば、さっき具合が悪くなった時、宇之助さんが呪文のような何かを唱えたら目まいが収まったのですが、あれはいったい何だったんでしょう？」

宇之助が茶碗から顔を上げる。

「それは――」

躊躇《ちゅうちょ》したような顔で一瞬、宇之助はすずを見た。しかし目が合うと、観念したような顔で目を伏せる。

「まじないだ」

「まじない？」

思わず鸚鵡《おうむ》返しに問えば、宇之助がうなずく。

「おれは占い師だが、加持祈禱《かじきとう》の真似事《まねごと》のようなこともするんだ。先ほどの、あれはつまり、平癒のための祈禱というか――」

すずは目を見開いた。

「祈禱で病を治せるなんて、宇之助さん、すごいです」

すずは茶碗を握りしめていた手に力を込めた。

「先ほどのおまじないは、本当によく効きましたよ。まるで、式神や術を操るという陰陽《おんみょう》師《じ》のようではありませんか」

宇之助はまんざらでもなさそうな表情になった。

「加持祈禱や占いの中には、陰陽道の流れを汲むものもあるからな」

すずは小首をかしげる。

「宇之助さんも、もとは陰陽師の血筋か何かだったんですか？」

「いや、おれは違うが——」

宇之助はちらりと、すずの頭のななめ上へ目をやった。先ほど、すずが診察部屋へ入る時にも、同じような視線を感じた気がする。

「一時しのぎだが、処置が必要だな。大福と甘酒で、おれもだいぶ楽になったから、何とかできるだろう」

宇之助はすずに向き直る。

「もっと体を楽にしてやろう」

すずは宇之助をじっと見た。

「それも、おまじないですか？」

「そう思っていればいい」

「でも、お代は……あたしの手持ちで足りるでしょうか」

すずは茶碗を長床几に置いて、膝の上に載せてあった巾着の紐をつかんだ。

「今日は駕籠を使うかもしれないからって、おっかさんが多めにお金を持たせてくれたんですけど——」

宇之助はゆるりと首を横に振る。

「代金はいい」

「でも、ご商売なら、お代を払わないと」

すずは前のめりになった。

「今日はいいんだ」

思いのほか強い口調だった。

宇之助は真剣な表情で、すずの目を見つめる。

「実は、今日の明け方に、死んだ妻が夢に出てきてな。『いつまでもくよくよしていないで、そろそろ前を向いてください』と言うんだ」

そして宇之助の亡き妻は、こう続けたのだという。

――わたしは何も悔いていません。あなたと出会えて、とても幸せでした。だから、どうか、あなたも悔やまないで。しっかりと生きて、使命をまっとうしてください――。

宇之助は泣き笑いのような表情を浮かべた。

「久しぶりに風呂に入って、さっぱりしてから、不忍池《しのばずのいけ》まで出かけたんだ。不忍池は、妻と二人でよく行った場所でな。春は桜、夏は蓮《はす》の花見を楽しんだ。二人の思い出の場所に一人で立って、情けない今の我が身を嚙《か》みしめたのさ」

宇之助は額に手を当て、ため息をつく。

「さらに情けないことに、帰り道でへばってしまった。しばらくの間、飲まず食わずだったからな」

　そこへ、すずが声をかけたというわけだ。

「柳の下で会った時に、宇之助さんが口にした『みふゆ』というのは、亡くなった奥さまのお名前ですか?」

　宇之助は右手で口を覆った。

「おれは、そんなことを言ったか?」

「はい」

「そうか――」

　宇之助は膝の上で拳を握り固める。

「みふゆというのは、確かに、死んだ妻の名前だ」

　宇之助は顔を上げて、再びすずの目をじっと見た。

「みふゆの夢を見た日に、金を取るなんてできない。これは商売のつもりじゃないんだ」

　宇之助は、まるで懺悔《ざんげ》をしているかのようだ。功徳を積んで、救われたがっているように見える。

　すずは居住まいを正した。

「では、お言葉に甘えて、お願いいたします」

　宇之助はうなずいて、右手の平をすずに近づけた。胸の前、五寸（約一五センチメートル）ほどのところで、ぴたりと手を止める。
「え……？」

じんわりと、温かい何かが胸に流れてきた。

それは宇之助の手の平から、すずの体内へ入り込んでくるようだ。

目を凝らしても、何も見えない。

だが、温かい何かは、確実に存在している。

間近にかざされた宇之助の手の熱を感じているだけではないかと最初は思ったが、直接体に触れていない手の平から、着物を通してこんなにも強く温かさを感じるだろうかと思い直した。

しかも、胸に染み込んでくるその温かい何かは全身に広がって、肩や背中だけでなく、手足の先まで温めていた。

いったい、これは何だろう――。

不快ではない。むしろ心地よい。

ぽかぽかと温かい湯にでも浸かっているような――。

あまりの心地よさに思わずうっとり目を閉じると、うつらうつら眠気が出てきた。

このまま眠ってしまえば、さぞ気持ちよかろう。

布団にごろりと横になって、夜着《よぎ》の中に潜り込みたくなる。

ふわり、ふわりと、座ったまま宙に浮いているような心地だ。

何て気持ちいい——。

「どうだ、だいぶ楽になっただろう」

宇之助の声に、はっと目を開けた。

とたんに、ざわざわとした声が耳に飛び込んでくる。

周囲を見回せば、茶屋は大勢の客たちで賑《にぎ》わっていた。ほぼ満席だ。長床几に座って茶を飲んだり、饅頭《まんじゅう》を食べたりしている客たちは、みな楽しそうに連れと話し込んでいる。

「あたし、ぼんやりして……」

「四半時（約三〇分）ほど居眠りをしていたぞ」

「えっ、そんなに!?」

その半分も、うとうとしていないかと思っていた。

狐《きつね》につままれたような思いで、すずは再び周囲を見回す。

何度も目を瞬いた。

目に見えるものすべてが、ぱっと明るく感じる。これまでは、もっと、どんよりと感じていたのに。

すずは、はっとした。

これまでにないほど頭がすっきりしている。肩や背中の凝りもまったくない。

全身が軽く、すこぶる調子がよかった。体が元通りになったというよりは、まるで生まれ変わったような心地だ。今なら、走ったり踊ったり、何でもできる気がする。

「何で――どうして――」

信じられぬ思いで、すずは宇之助を見つめた。

「ここまで具合がよくなるなんて……」

気がつけば、すずの目から涙が溢《あふ》れ出ていた。

「宇之助さん、ありがとうございます。本当に、ありがとうございます。どのお医者さんに診てもらっても治らなかった体調を、宇之助さんが治してくださいました。宇之助さんは、すごい術者です。奇跡を起こしてくださいました」

宇之助は顔をゆがめて激しく頭を振った。

「どうしたんですか。もしかして、あたしを治したせいで力を使い過ぎて、苦しくなってしまったんでしょうか」

すずはうろたえる。

「どうしよう。あたしのせいで――」

「違う。体は何ともない」

宇之助はあえぐように息をついた。

「ただ、今のおれにはここまでしかできないのが、もどかしいんだ」

宇之助は苦虫を嚙み潰したような顔で、すずを見る。

「さっきも言ったが、これは一時しのぎの処置に過ぎない。すぐにまた、おまえの具合は悪くなってしまうはずだ」

宇之助は悔しそうに拳を握り固めて立ち上がった。

「具合が悪くなり、我慢できなくなった時には、おれのもとへ使いを寄越せ。わけあって、今は加持祈禱の類《たぐい》を大っぴらにはしていないが、急場しのぎの策であれば講じてやれるだろう」

そう言うと、宇之助はくるりと背を向け、去っていった。

すずは茶屋代を払って帰路に就く。

ひどく切羽詰まったような宇之助の態度が気になったが、久しぶりに感じる体の軽さに、思わず足取りが弾んだ。試しに走ってみても、頭は痛まない。体調が悪くなるのを恐れて進んだ往路とは、まるで違う帰り道だ。

宇之助は「ここまでしかできない」と嘆いていたが、ここまで回復させてもらえたのだから喜ばしい限りだ。

道の途中で足を止めて、すずは大川の水面を見つめた。

きらきらと揺れる水の輝きが、この上なく美しく感じる。

日の光の中にいる自分がたまらなく嬉《うれ》しくて、すずは大川の前でしばし微笑んでいた。

翌朝、すずは鳥のさえずりとともに目覚めた。

目を開けると、やわらかな暗闇が優しくすずを包み込んでいた。

鳥の鳴き声がするほうへ顔を巡らせば、雨戸の隙間《すきま》から朝の光が漏れている。

すずは起き上がった。

すんなりと体が動く。頭痛も、目まいも、まったくない。

窓辺に寄り、雨戸を開けると、まぶしいほど明るい光景が目の前に広がっていた。

すぐ目の前に、最福神社の赤い鳥居が見える。その両脇に植えられている大木は朝日を浴びて鮮やかな緑に輝き、鳥居からまっすぐ上に延びている石段は神々しい白さに見えた。

屋根の端では雀《すずめ》がチュンチュン鳴いている。すずの視線を気にする様子もなく、踊るように跳ねていた。

やがて最福神社のほうへ向かって雀が飛び立つ。

雀の姿が見えなくなると、すずは鳥居に向かって両手を合わせた。

神がすずの願いを聞き入れてくれたおかげで宇之助と出会うことができ、こうして元気よく起き上がれるようになったのだと素直に思えた。

身支度を整えて階下の店に下りると、母のきよが目を丸くした。

「大丈夫なのかい、おまえ——材木町に行ってから、ずいぶん顔色がよくなったみたいだけど——」

すずは大きくうなずいた。

「今日は朝からものすごく調子がいいの。店先の掃除は、あたしがやるわ」

きよは半信半疑な顔つきで、すずの全身を眺め回す。

「足元はふらついてないね。手に力は入るかい？」

「大丈夫よ、おっかさん」

すずは笑顔で箒《ほうき》を手にした。

「ああ、お待ち。掃除をするんなら、甘酒を飲んでいきな。昨日たっぷり仕込んでおいたから」

きよが筒形の湯呑茶碗に甘酒を入れて運んでくる。

「さあ、お飲み」

飲まなければ絶対に外へ出さないと言わんばかりの顔つきだ。

すずは箒を戸口に立てかけて、湯呑茶碗を受け取った。店の隅の長床几に腰かけて、ゆっくりと飲む。

甘酒の甘さと母の優しさが、こくりと体内に落ちた。飲み進めるごとに気持ちが明るくなって、さらに元気が増してゆく。

一気に飲み干すと、すずは勢いよく立ち上がった。

「ごちそうさま！」

湯呑茶碗を渡すと、きよは感慨無量の表情で目を潤ませた。

「おまえ、今日は本当に体調がいいんだねえ……だけど無理をするんじゃないよ？　少しでも体がおかしいと思ったら、すぐに休みな」

両手で湯呑茶碗を握りしめるきよにうなずいて、すずは箒を手に外へ出た。

秋風が心地よく、すずの頬《ほお》を撫《な》でていく。すずは箒を握りしめたまま、空に向かって大きく両手を伸ばした。背中から腰、足の先までぴんと伸ばすと、とても気持ちがいい。

「さあ、やりますよ」

澄み渡った青空に向かって呟くと、すずは丁寧に店の前を掃き清めた。

日の光を浴びながら体を動かしていると、大きな幸福感に満たされる。当たり前のことを当たり前に行えるというありがたさが胸いっぱいに広がった。

箒で道を掃くということすら、昨日までの自分にはできなくなっていたのだ。

誰かが投げ捨てていったのか、風で飛んできたのかわからない紙屑《かみくず》が、隣の蠟燭屋《ろうそくや》の前に落ちているのに気づいた。近づいて、箒で掃き、たまやの前に集めた塵《ごみ》と一緒に片づける。

ささやかながら人のために動けたという充実感が込み上げてきて、すずは顔をほころばせた。紙屑ひとつで大げさかもしれないが、一年以上も寝たり起きたりをくり返していた自分がこうして掃除をしていられるようになったのは、本当に、泣きそうになるくらい嬉しい出来事なのだ。

「すず！」

箒を動かしていると、後ろから中年男の声が聞こえた。

振り向けば、母方の遠縁である吉三《きちぞう》がこちらへ向かってきていた。荷車を牽《ひ》いた若い衆を一人連れている。

吉三は、すぐ近くの浅草駒形町《こまがたちょう》で守屋《もりや》という蕎麦屋《そばや》を営んでおり、たまやで昼時に出している蕎麦を毎日納めてくれている。

守屋の若い衆だけで麺《めん》を運んでくることもあるのだが、できる限り都合をつけて店主自らも来てくれているのは、すずたち母娘《おやこ》二人の暮らしを案じてのことだ。女所帯で困ったことがないか、吉三は常に気を配ってくれている。

遠縁といっても、きよと吉三は幼い頃から近所に住んで行き来してきたので、互いにとても身近に感じている親類なのだという。

すずにとっても吉三は、幼い頃からたまやに麺を届けてくれている気のいい「おじちゃん」であった。きよの祖父が吉三の祖父と従兄弟《いとこ》同士だったと聞いているが、すずが幼い頃は、きよと吉三が従兄妹同士だと思い込んでいた。

吉三はすずの前まで走ってくると、口をあんぐり開けながら目を細めた。

「おめえ、掃除なんかして大丈夫なのか⁉ 昨日の朝は、起きていられなかっただろう。材木町の医者のところへ行ったのか⁉」

すずはうなずいた。

「おじちゃんにも、ずいぶん心配かけちゃったわね」

吉三は目尻を下げながら首を横に振る。

「こうして久しぶりにすずの元気そうな顔が見られるなんて、今日はいい日だ。だけど無理をするんじゃねえぞ」

「はい」

吉三の後ろに控えていた若い衆が一礼して、荷車に積んであった麺を店内へ運び入れていく。

その後ろ姿を見やりながら、吉三はすずの肩を優しくぽんぽんと叩いた。

「葉月の間は、ぴりからの秋茄子《あきなす》蕎麦だ」

たまやでは、かけ蕎麦、盛り蕎麦の他に、季節の蕎麦を売っているが、季節ごとに具材を替えていく蕎麦は吉三が案を出してくれている。

「秋茄子は体を冷やすから嫁に食わすな、なんていわれているけどよ。反対に、美味過ぎるから嫁に食わすなっていわれるほど、香りがよくて味もいい。唐辛子と一緒に食べればすずの口の中に、茄子の甘みと唐辛子の辛さがよみがえった。相反する味が混ざり合い、互いを引き立て合いながら、かもし出していく絶妙な風味――そして、それを包み込む、鰹出汁《かつおだし》の効いた濃い醤油《しょうゆ》の蕎麦つゆの味を思い浮かべると、口の中に唾が湧き出る。

すずの顔を覗き込んで、吉三が笑った。

「食いたくてたまらねえって顔してるじゃねえか。話を聞いただけで食欲が湧いたか？」

すずは大きくうなずく。

このところ体が欲する物といえば甘酒ばかりだったが、久しぶりに「蕎麦が食べたい」という気持ちでいっぱいになる。

吉三が嬉しそうに笑みを深めた。

「あとで、おめえも『季節の蕎麦』を食っときな」

「はい！」

吉三は満足そうな表情で手を振って、店の中へ入っていった。

すずは通りを見渡して、見落とした塵がないか確かめる。

「よし、ちゃんと綺麗になってる」

掃き清められた道の上に、高く昇った日の光が降り注いでいる。

それはまるで、すずの未来を照らす、明るい希望の光に見えた。

第二話　占い師、一条宇之助

「秋茄子《あきなす》蕎麦《そば》をくれ」

「こっちもだ」

左右の客から上がった声に、すずは「はい」と返事をしながら長床几《ながしょうぎ》の上の空いた器を片づけた。

吹く風の涼しさに誘われてか、ぴりりと唐辛子の効いた温かい秋茄子蕎麦がよく出ている。昼時からずっと、きよが調理場で蕎麦を茹《ゆ》で、すずが客のもとへ運んでいた。

その流れも、もう少しで落ち着きそうである。

空いた器を下げながら新たな注文をきよに告げると、すずは店内を見渡した。

先ほど季節の蕎麦を注文した二人の他には、客が一人だけ。盛り蕎麦を食べているところだが、蒸籠《せいろ》の上に載っている蕎麦は残り少ない。

「秋茄子蕎麦、二人前できたよ」

きよの声に、すずは振り向く。

盆の上に、湯気の立ち昇るどんぶりがふたつ置かれていた。

すずは盆を取りに向かう。

どんぶりの中から漂ってくる蕎麦つゆのにおいに、思わず頬《ほお》がゆるんだ。

守屋から仕入れている麺《めん》は喉越しがよく、つゆをしっかり絡め取って、素朴な風味を放っていた。

鰹出汁《かつおだし》の効いた、艶々《つやつや》と輝く蕎麦つゆも、守屋直伝である。代々の店主が受け継いできた、蕎麦とつゆの調和をしっかり考えた味を、吉三は惜しげもなくきよに教えてくれた。

時折、吉三が何の前触れもなく突然「味を見る」と言って、たまやの蕎麦を食べていくことがあるが、麺の茹で具合からつゆの味、季節の蕎麦の具の切り方まで細かく確かめられるので、気が抜けない。蕎麦に関しては、まるで守屋の出店のような扱いである。

守屋の恩に報いるべく、また客のために、いつでも最高の味を出せるよう、きよは日々懸命に努めている。

「お待たせいたしました。秋茄子蕎麦でございます」

長床几の上に蕎麦を置くと、客は目を輝かせた。

「ごゆっくりどうぞ」

と言った時には、もう客はどんぶりに口をつけて、つゆを飲んでいた。

「ああ、美味《うま》いなぁ」

「ありがとうございます」

すずは微笑《ほほえ》みながら調理場を振り返った。きよは客を見ながら満面の笑みを浮かべ、胸の前で拳を握り固めている。やはり喜んで食べてもらえることが、何より嬉《うれ》しいのだろう。

かつて、あたしにはできないと泣きながら蕎麦を茹でていたのが嘘《うそ》のようだ。

たまやで蕎麦を出し始めたのは、きよが嫁いでからだ。昔は、汁粉《しるこ》と団子、甘酒と煎茶《せんちゃ》が中心の甘味処《かんみどころ》で、いつの頃からか田楽《でんがく》と握り飯も売るようになったという。

せっかく蕎麦屋と縁続きになったのだから、茶屋で蕎麦も売ってみようかと言い出したのは、父だったと聞いた。最福神社門前で細々と続いている茶屋の儲《もう》けを少しでも増やしたいと考えたらしい。祖父や曽祖父の時代には、茶屋で駄菓子や鼻紙を売ったり、草鞋《わらじ》作りの内職をしたりしていたという。

すずが幼い頃は、父の多一《たいち》が蕎麦を茹で、つゆを作っていた。母のきよは主にお運びをしており、蕎麦の調理はいっさいしていなかった。

たまやが守屋から仕入れている麺は二八蕎麦であり、蕎麦粉が八割、小麦粉が二割の配合だ。小麦粉は、蕎麦が切れないように繋《つな》ぎとして入れられているが、蕎麦粉だけで作られる十割蕎麦にはこの繋ぎがないので、茹でている間に切れやすい。

たまやのような小さな茶屋では、注文してから早く出てきて、つるつるっと食べやすい手軽な蕎麦が好まれると踏んだ父は、十割よりも切れにくい二八のみを守屋から仕入れることにした。これまでの茶屋の形を守りつつ、新たに蕎麦を扱うのであれば、守屋から麺を仕入れたほうが無理なく商いができると判断したのである。

父も守屋で基本を学んだが、蕎麦作りは奥が深く、その道を究めるには何年もかかる。ゆえに蕎麦屋が打った麺を使い、蕎麦つゆ作りを上達させることに力を注ごうと決めたのだ。

また、蕎麦は屋台などでも売られているほど江戸っ子たちに馴染《なじ》みが深く、値段も安い。具のない二八蕎麦は、一杯が十六文。よって売値から二八という呼び名がついたともいわれている。手頃な値段で食べられる蕎麦は、たまやで扱っている他の品とも釣り合いが取れていた。

たまやで蕎麦を売り出すと、父の目論見《もくろみ》通りに儲けが増えた。駒形町の守屋と同じ味だという売り文句に釣られて、たまたま前を通りかかった者が蕎麦を注文することもあったし、最福神社で参拝を終えた者が、ささっと蕎麦を食べていくこともあった。

そして今に至る。

母が行方知れずになった父の仕事を引き継いだように、まだ八歳だったたすずも母の仕事を引き継いだ。

去年、体調が悪くなってからは、満足に仕事ができず、母に大変な思いをさせてしまっていたが、おせんや近所の者たちの助けを借りながら、どうにかやってこれた。体調が戻ったからには、もっと母に楽をさせてやりたい。

不意に、つきんと頭の中が痛んだ。すずは、ぎくりとする。

ゆっくり調理場へ戻りながら、すずは慎重に自分の体調を探った。

確かに、かすかな痛みが頭の中にある——まだ鈍いうずきだ——何かに気を取られれば、忘れてしまいそうなほどの——。

けれど、痛みが激しくなったらどうしよう。

落ち着こうと、すずは自分に言い聞かせた。今は、まだ大丈夫。ちょっと頭が痛んだだけで、肩の凝りや、全身のだるさは感じない。

宇之助の「処置」を受けてから、今日で四日目だ。宇之助に「一時しのぎだ」と言われたが、もう持たないのだろうか。これくらいの軽い頭痛であれば、じゅうぶん我慢できるのだけど——。

すずは最福神社の方角へ向かって、そっと手を合わせた。どうか、これ以上はひどくなりませんように、と胸の内で祈る。寝たり起きたりの暮らしには絶対に戻りたくない。

——我慢できなくなった時には、おれのもとへ使いを寄越せ——。

ふと、宇之助の声が耳の奥によみがえった。

──急場しのぎの策であれば講じてやれるだろう──。

すずは小さくうなずいた。助けてくれる人がいると思うと、心強い。

「ああ、よかった。すずちゃん、今日も調子がよさそうだねえ」

店の入口に顔を向けると、おせんが微笑みながらこちらを見ていた。きゅっと上がった目尻と美しい黒髪が若々しいが、もう手習い所へ通っている孫がいるのだ。

「こうしてまた元気になったすずちゃんを見ることができて、あたしは本当に嬉しいよ。やっぱり今生明神さまは、あたしら町の者を見守ってくださっているんだねえ」

もう何度目になるかわからない言葉を言いながら、おせんは勝手知ったる足取りで、店の奥にある調理場近くの長床几へ向かう。

「すずちゃん、お茶をちょうだい」

「はい、ただ今」

すずは頭痛を追い出すように気合いを入れて、にっこり笑った。丁寧に煎茶を淹《い》れて、汲出《くみだし》茶碗を運んでいく。

おせんが、きょろきょろと店内を見回していた。

「おなつちゃんは、まだかい？　今日は三味線《しゃみせん》の稽古の日だろう」

「ええ。来るのであれば、もうすぐかと思いますけど」

すずが体調不良に陥り、満足に出歩けなくなってからも、おなつは同い年の友人として変わらぬつき合いを続けてくれた。浅草田原町《たわらまち》一丁目にある提灯《ちょうちん》屋の娘で、習い事をいくつかしているのだが、その帰りにしょっちゅうたまやへ寄って、町の出来事などを面白おかしく話してくれたのである。

あからさまに哀れんだりせず、すずの体調を気遣いながらも、これまでと同様、他愛のない話に興じる——それが、おなつの励まし方だった。

再び店に出られるようになったすずの姿を見た時、涙を流して喜んでくれたおなつの表情を、すずは忘れない。ずっと友達でいたいと思った。

「おなつに何かご用ですか？」

すずは、おせんの顔を覗き込んだ。

「おせんさんとおなつは、うちで何度も顔を合わせていますけど、他でもつき合いがありましたっけ？」

おせんは首を横に振って、困ったように眉根を寄せた。

「実はねえ——」

「こんにちは！」

入口から飛び込んできたのは、今まさに名前が出ていたおなつである。くっきりした富《ふ》士額《じびたい》の瓜実顔《うりざねがお》に人好きのする笑みを浮かべて、おなつはすずを見た。

おせんが、ほっと安堵《あんど》したように表情をゆるめる。

「ああ、よかった。今日は絶対おなつちゃんに会いたいと思っていたんだよ。といって、家まで押しかけるなんて大げさな真似《まね》もしたくなかったしさ」

おなつが小首をかしげながら、こちらに歩み寄ってくる。おせんはおもむろに立ち上がり、がっちりと、おなつの手を握った。

「あんた、何でも知りたがりだよねえ。しょっちゅうここに来て、町のいろんな噂《うわさ》をすずちゃんに話しているだろう。よく当たる占い師を知らないかい？

おなつはきょとんとした顔で目を瞬《またた》かせた。

「わたしは何でも知りたがりというわけではありませんけど――よく当たる占い師といえば、一条宇之助ですかねえ」

「えっ」

すずは思わず声を上げた。

「宇之助さんって、有名な人だったの⁉」

おなつとおせんが目を丸くして、すずに詰め寄ってくる。

「ちょいと、すずちゃん、あんた占い師の知り合いがいたのかい⁉」

「あんた、いつの間に知り合ったのよ⁉　わたし、聞いてないわよ！」

二人は興奮の面持ちで、すずの腕を左右からぐいぐい引っ張った。すずは思わず一歩下がる。

「材木町の緒方先生のところへ行った時に、具合が悪くなったあたしを助けてくれた人がいたって話したでしょう」

おなつとおせんは同時に大きくうなずいた。

「それが一条宇之助だったとは、わたし聞いてないわよ」

責めるようなおなつの口調に、すずは小さく唇をすぼめた。

「だって、まさか、おなつも知っている人だとは思わなかったんだもの」

おなつは肩をすくめた。

「まあ、知っているのは名前だけなんだけどね」

おせんが顎《あご》に手を当て、宙を見やる。

「すずちゃんを助けたってことは、その一条宇之助って占い師は、いい人なんだよね。それなら客の相談にも、きっと親身になってくれるよねえ?」

おせんの言葉に、おなつは眉根を寄せる。

「親身になってくれるかどうかは、わかりませんよ。一条宇之助に、べらぼうな高値を求められたっていう人の噂もありますから」

おせんがおなつの顔を覗き込んだ。

「べらぼうな高値ったって、あんた、たかが占いだよ?」

おなつは訳知り顔で首を横に振る。

「一条宇之助の占いはよく当たり過ぎて、本当にすごいらしいんです。だけど、四半時（約三〇分）占っただけで、一両取られた人もいるとか」

おせんは渋面になる。

「それは吹っかけ過ぎだろう。どんなによく当たる占いだって、一両なんて、あたしら庶民においそれと出せるわけないじゃないか」

おなつは大きくうなずいた。

「一条宇之助の客は、金持ちばかりらしいですよ」

おせんは長床几に座り直して、腕組みをした。

「他に、安くて、絶対に当たるっていう占い師はいないのかい」

「そんな都合のいい話はありませんよ」

おなつもおせんの隣に腰を下ろした。

「そもそも占いは、当たるも八卦《はっけ》、当たらぬも八卦じゃありませんか。遊び半分で気軽に占おうっていうのなら、耳当たりのいい言葉を適当に並べてくれる占い師もいますけど、絶対に当たるだなんて――」

おせんは眉尻を下げて、ため息をついた。

「そうだよねえ……」

おなつは背筋を正して、おせんに向かい合う。

「で、どうして、占い師が必要なんですか?」

おせんは力なく顔を上げた。

「実は、あたしの知り合いの話なんだけどさ……ちょいと困ったことになってねえ」

おせんに促され、すずも二人の向かいに腰を下ろした。

「三日前から、娘がいなくなっちまったんだよ。神隠しみたいに、どこを探しても見つからなくてさ」

「えっ」

すずは思わず声を上げた。思っていたより、ずいぶん深刻な話だ。おなつも顔を強張《こわば》らせて絶句している。

しばらくして、おなつが気を取り直したように口を開いた。

「それは占い師より、町方の旦那《だんな》を頼ったほうがいいですよ」

おせんは頭を振った。

「とっくに相談したさ。だけど、まだ全然見つからないんだ。そのうち手がかりが出てくるかもしれないけど、一刻も早く無事に見つけてやりたくてねえ。失《う》せ物探しに占いが役立ったって話を聞いて、いなくなった娘の行方も占ってみたらどうかと思ったのさ」

すずの頭に、ぱっと父の顔が浮かぶ。

行方知れずとなった者を、占いで探し出せるのだろうか——。

「こんなこと隣近所に相談したって、らちが明かないだろう。面白おかしく吹聴されても嫌だしねえ」

「それは、よくわかります」

思わず発した声に悲愴《ひそう》がにじんでいたのか、おせんは申し訳なさそうにすずを見た。

「嫌なこと思い出させちまって、ごめんよ。みふゆさんの気持ちをおもんぱかったら、居ても立ってもいられなくなっちまってさ」

すずは目を見開いた。

「みふゆさん——とおっしゃるのですか、その方は——」

おせんは怪訝顔《けげんがお》になる。

「ああ、そうだよ。それがどうかしたかい？」

すずは首を横に振った。

「いえ——ただ、知り合いの奥さまと同じ名前だったもので——」

宇之助が口走った亡妻の名も、みふゆだった。

「どうぞ話を続けてください」

すずが促すと、おせんは「あんたたちだから言うけどさ」と前置きをしてから、もう一人のみふゆの事情を語った。

みふゆは四年前、神田明神の近くにある、小松屋《こまつや》という袋物屋のおかみになった。店主、次平《じへい》の後妻となったのだ。おせんとは、柴田屋に品を納めている袋物師が縁で、知り合ったという。

いなくなった娘の名は、おたみ。前妻が産んだ子供で、年は十二だ。前妻は、おたみが六つの時に病で亡くなっている。

「生《な》さぬ仲ってのは、難しいもんだねえ」

おせんは物憂げな顔で、ため息をついた。

「みふゆさんが嫁いだ時、おたみちゃんは八つだったんだけどさ。『あんたなんか、おっかさんじゃない』って、面と向かって言われちまったそうだよ。以来、ずっと、ぎくしゃくしちまってさ」

おせんはもどかしげに身をよじる。

「血は繋がっていなくても、うんと可愛がって、いい母親になろう、とみふゆさんは思っていたんだよ。だけど初対面で拒まれて、どう接したらいいのかわからなくなってしまったって嘆いてた。無理もないよねえ」

おなつが眉間《みけん》にしわを寄せて唸《うな》った。

「いなくなって三日――やっぱり拐《かどわ》かしですかねえ。だけど、そんなに仲が悪かったんじゃ、継母《ままはは》のみふゆさんが『おたみなんか、このまま帰ってこなきゃいいのに』と意地悪く思っているなんて、周りから邪推されたりして……」

おせんは「はっ」と荒く息をついた。

「意地悪どころか、『継娘を邪険にして殺した』とまで言われているんだよ」

すずは眉をひそめた。

「殺しただなんて、そんな——まさか、折檻《せっかん》でもしていたんですか？」

おせんは即座に首を横に振る。

「虐げられていたのは、みふゆさんのほうさ」

おせんがみふゆから聞いた話によると、おたみはとても気の強い娘で、継母いびりをしていたらしい。

奉公人たちを味方につけ、何かにつけて前妻と比べるのは当たり前。みふゆが次平に買ってもらった簪《かんざし》を隠したり、わがままな振る舞いを少し注意しただけで「叩《たた》かれた」と嘘をついて泣いたり——。

おせんは顔をしかめる。

「子供のくせに、まるで嫁いびりをする姑《しゅうとめ》のようだろう？　みふゆさんの亭主は、まさか自分の娘がそんな悪さをしているだなんて、夢にも思っていないのさ」

十二歳の女の子といえば、なかなか難しい年頃だが——。

「おたみちゃんの顔立ちが、どんどん前妻に似てきているようでねえ」

おせんは大きなため息をつく。

「だから、みふゆさんは継娘の顔を見るのも嫌がっていると、奉公人たちが陰で言ってたようなんだよ」

おかみさんは、お嬢さんを殺したいほど疎ましく思っている――などという言葉が、みふゆの耳にまで入っているらしい。

「拐かしであれば、下手人が身代金を寄越せと言ってくるはずなのに、投げ文《ぶみ》のひとつもないのはおかしいって、奉公人たちは勘ぐっているみたいなんだよねえ」

おなつが首をひねって、おせんを見た。

「金目当ての拐かしではないということもありますよねえ。考えたくはないですけど、娘そのものが目当てなら、金を寄越せという投げ文も言伝《ことづて》もないんじゃありませんか」

おせんはいまいましげにうなずく。

「小松屋さんが儲かっているから、どっかの誰かに妬《ねた》まれたっていうんだろう？　だけど、次平さんが商売敵《がたき》にひどく恨まれているなんて話もなさそうなんだよねえ」

すずは唇を尖《とが》らせた。

「妬みだけで拐かしだなんて……もし本当にそうなら、ひどい話だわ」

おなつが大きくうなずいて、すずに向き直る。

「誰が何を考えているかなんて、わからないからねえ。小松屋さんも防ぎようがなかったのかもしれないわ。にっこり笑いながら『馬鹿野郎、死んじまえ』なんて思っているやつが、もしかしたら周りに何人もいたのかもよ」

すずは眉根を寄せた。

「だとしたら、悲しいわね」

おなつは肩をすくめる。

「商売をやっていれば、いろいろあるものよ。うちのおとっつぁんだって、しょっちゅう愚痴をこぼしてるわ。人の言っていることが嘘か真《まこと》か、すぐにぴんとくるあんたであれば、大事に至る前に、相手を遠ざけることができるのかもしれないけどさ」

おせんが同意する。

「小松屋さんの女中頭《がしら》で、おつるってのがいるんだけどさ。そいつも、次平さんの前ではにっこり笑って、よく働いて。おたみちゃんとも仲がよくてさ。だけど、みふゆさん一人になると、般若《はんにゃ》みたいな顔つきになるらしいよ」

おなつが顔をしかめる。

「おたみちゃんと仲がいいっていうのが、また怖いですねえ」

「そうさ。おたみちゃんに取り入って、奉公人たちの先頭に立ち、みふゆさんをいじめてんのさ」

すずは首をかしげる。

「でも、みふゆさんは店のおかみさんになった人ですよね。奉公人たちが、お嬢さんの威光を笠《かさ》に着るといったって、限度があるんじゃありませんか」

何といっても、おたみはまだ十二なのである。

「みふゆさんは慎み深いんだよ。おかみになったからといって、新参者が威張っていちゃいけないと、遠慮してたのさ。それに、優し過ぎてねえ」

おせんは憂いを帯びた目で、手つかずのまま長床几の上に置いてあった汲出茶碗を見つめた。

「みふゆさんは確かに、おたみちゃんを持てあましていたけど、決して憎んじゃいなかった。半ばあきらめつつも、心のどこかで、いつか通じ合えたらという望みを抱き続けていたんだよ」

きっぱりと言い切ったおせんは、これまで生きてきた経験上、みふゆの言葉に嘘はないと判断したのだろう。

「だけど相手がいないんじゃ、どんなにわかり合いたいと思っても無理さね」

おせんの声が悲しく響いた。

「町方の旦那だって、みふゆさんに疑いの目なんか、これっぽっちも向けちゃいないんだ。それなのに、娘殺しの悪い噂だけが広がっていく。夫婦仲もおかしくなり始めたってさ」

心痛のあまり、みふゆは夜も眠れず、食事も喉を通らなくなってしまったと、おせんは嘆く。

「この三日の間に、ずいぶんやつれちまったよ。あのままじゃ、みふゆさんの体がもたない。何とかできるものなら、何とかしてやりたいんだよ」

すずはおせんの目を見た。おせんの本気が、ひしひしと伝わってくる。

きよに嫁の愚痴を並べている時は、ちょっと意地悪な婆さんに見えなくもないが、本来おせんは何の見返りも求めずに人助けができる性分なのである。

だから、すずの父がいなくなった時も、すずが寝込んだ時も、躊躇《ちゅうちょ》なく手を差し伸べてくれた。「あたしは図太いからさ」と笑いながら、ひと癖ある客が訪れた時も上手くあしらって、たまやが居心地のいい場所であり続けられるよう助力してくれたのである。

「あたしだって、最福神社門前で長年暮らしているんだよ。今生明神さまの前で堂々と胸を張っていられる生き方をしたいじゃないか」

縁あって知り合ったみふゆの苦悩を放置しておけないのは、何ともおせんらしいと、すずは思った。

「小松屋さんも、町方の旦那に心づけをたっぷり渡してあるらしいんだけどさ。どっかの金持ちの家に錠前《じょうまえ》破りが入ったとか何とかで、おたみちゃんを捜すほうまで、しっかり手が回っていないみたいなんだよ」

おせんの声がどんどん大きくなっていく。

「まったく、お役人ってやつはさぁ――」

おなつが「しっ」と自分の唇に人差し指を当てた。

「お上の悪口を聞き咎《とが》められたら、まずいですよ」

「これぐらい、悪口のうちに入らないよ」

と言いながら、おせんは声を小さくして、さりげなく辺りを見回した。町方の姿がないことを確かめて、ほっと安堵したように息をつく。

「とにかく、今生明神さまにもお参りしたし、あとはもう、占いぐらいしか頼るものが思い浮かばないんだ」

すでに小松屋のほうでも、おたみが親類縁者のところへ行っていないか確かめており、死んだ前妻の実家にも次平が心当たりを尋ねている。

おせんは顎を引いて、きりりと表情を引きしめた。

「ここはひとつ、あたしがひと肌脱ぐしかないだろう」

その心意気に打たれたように、おなつが居住まいを正した。

「占いに頼るなら、やっぱり一条宇之助しかいないと思います。けっこう厳しいことも言うらしいですけど、一条宇之助の助言で、かなり深刻な相談事も解決したという噂を聞きましたよ」

だが、どんな相談事だったかまでは、おなつも知らなかった。まったく話が流れていないようだ。宇之助も、宇之助の客も、口が堅いと見て取れた。

おせんは挑むような目で、どんと胸を叩く。

「厳しい助言、上等だよ。事が事だからね。心地よくなる言葉だけを求めちゃいないさ」

おなつはうなずいた。

「だけど、みふゆさんは、占いで厳しい結果が出ても大丈夫でしょうか」

「占いのことは、みふゆさんにまだ話していないんだ」

おなつが「えっ」と声を上げる。

「それじゃ、占い師を探すっていうのは、おせんさんの一存で？」

おせんは小さくぺろりと舌を出した。

「だって、ほら、みふゆさんはすっかり弱っちまってるからさ。もし万が一にも占いで『娘は死んでいる』なんて言われたら、きっと寝込んじまうよ。みんながみんな、あたしみたいに気が強いわけじゃないからさぁ」

おせんはからりと笑いながら、すずに向き直った。

「ねえ、すずちゃんから、一条宇之助に頼んでみてもらえないかねえ。知り合いなら、ちょっとはよくしてもらえるんじゃないかい」

少しでも安くしてもらえればありがたいと言わんばかりに、おせんは両手を合わせて身を乗り出してくる。

すずはためらいながら口を開いた。

「引き受けてもらえるかどうか、わかりませんよ。今は仕事を休んでいるそうですし」

すずは畳みかけるように続けた。

「もし受けてもらえたとしても、お代に関しては、あたしには何も言えません。あちらも、ご商売ですしね」

おせんは長い唸り声を上げた。

「まあ、そりゃそうだ。占いも、れっきとした商売だよねえ」

おせんは長床几に深く座り直した。

「とりあえず、一条宇之助に引き合わせてくれないかい？　占ってくれるか、どうか――もし受けてくれるとしたら、どれぐらいの額でやってくれるのか、あたしのほうから聞いてみるよ」

すずは即答できなかった。

宇之助の占いは、きっとよく当たるのだろう。あの不思議な「処置」からして、力のある術者に間違いない。いい人だとも思う。

だが、何やらわけありのようだ。妻を亡くした傷心から、まだ完全に立ち直っていないようだし――今の宇之助に、この話を持っていってよいものだろうか――。


「ええ、でも……」

「もし駄目でも、すずちゃんが負い目を感じることなんて何もないんだよ。ただ、このままじゃ、みふゆさんがあんまりにもかわいそうでさ」

おせんの言葉に、うなずこうとした、その時——「いらっしゃいませ」と調理場から、きよの声が上がった。

店の入口を振り返って、すずは息を呑《の》む。

戸口に、一条宇之助が立っていた。

髪は後ろで一本に束ねている。道にうずくまっていた時とは打って変わって、気力に満ちているような表情に見えた。先日とは違う着物も上等そうで、汚れひとつない。

思わず凝視していると、宇之助が怪訝な顔で首をかしげた。まっすぐ、すずのもとへやってくる。

「甘酒代を返しにきた。一杯、八文だったな」

宇之助は長床几の上に一文銭を並べた。

「数えてくれ」

「はい、確かに八文あります」

すずは長床几の上から丁寧に八文を取り、握りしめた。

「だけど、もっとあとでもよかったんですよ。わざわざいらしていただかなくても——」

「いや、墓参りのついでなんだ」

すずは宇之助をじっと見た。目をそらさずに、見つめ返してくる。

すずは微笑むと、立ち上がって店の奥へ行き、八文を銭箱にしまった。

長床几に戻ると、おせんとおなつも立ち上がって、宇之助と挨拶《あいさつ》を交わしていた。

「初めまして。すずの友人の、なつと申します。すずを助けてくださった、あなたさまは、占い師の一条宇之助さんですよね？」

宇之助は鷹揚《おうよう》にうなずいて、おなつを見下ろす。

「おれを知っているのか」

「そりゃあもう！」

おなつは甲高い声を上げた。

「占い好きな娘たちの間で、噂が広まっておりますよ」

宇之助は眉をひそめる。

「若い女など、おれの客にいなかったはずだが——どんな噂だ？」

「とにかくよく当たる占い師だって評判です。かなり高いけど、難しい問題も解決できるって」

おなつは首をかしげた。

「そういえば、わたしは誰から宇之助さんの話を聞いたんだっけ……占ってもらいたくても、どこへ訪ねたらいいのかわからないって言ってた子がいたけど……」

おなつは宇之助を見上げた。

「今はお仕事を休んでいるとすずに聞きましたが、いったん看板を下げたんですか？」

「看板など、もとから出していない」

宇之助は口の端だけで笑った。

「占いの客は、口伝えだけで来ていたからな」

調理場から出てきたきよが「あの」と宇之助に声をかける。

「たまやの女将《おかみ》、きよと申します。先日は娘が大変お世話になりまして、本当にありがとうございました」

きよが深々と頭を下げると、宇之助は困ったように目を細めた。

「いや、別に――たいしたことはしていません。おれは、ただ、すずさんを医者のもとまで連れていっただけです」

宇之助が、ちらりとすずの顔を見る。言外に、あの「処置」のことまで話したのかと問われているようだ。

すずはそっと小さく首を横に振った。あの不思議な体験のことは、むやみに話してよいものかわからなかったので、誰にも言っていない。

それに、どう話したらきよにあのごとが伝わるのかも、わからなかったのだ。手をかざされて、ほわんと心身が温かくなって、すっかり体調がよくなったと言っても、にわかには信じてもらえないだろう。いったい何を言い出したのかと、きよに心配されるだけだと思った。

だから、医者の緒方のおかげで体調がもとに戻ったのだと思い込んでいるきよの誤解をあえて正さず、黙っていたのだ。

「あたしは近所に住んでいる者で、せんと申します」

おせんが長床几を手で差し示した。

「立ち話もなんですから、お座りになりませんか」

きよが、はっとしたように口に手を当てる。

「あたしったら、すずの恩人にお茶も出さずに――」

「いえ、お構いなく」

調理場へ引き返そうとしたきよを、宇之助が引き止めた。

「どうやら間《ま》が悪い時に来てしまったようだ。おせんさんは、おれに頼み事があるんでしょう」

おせんは一瞬ぎくりとした顔になったが、すぐに「ほほほ」と笑い声を上げた。

「嫌だ、間が悪いなんて――話なんて、聞いてみなくちゃわからないじゃないさ」

「いや、わかる」

宇之助は即座に断言した。

「おれに『安く占ってほしい』と頼んだ客は、たいてい、おせんさんみたいな表情をしていましたよ」

おせんは咳払《せきばら》いをすると、長床几に座り直した。

「まあ、話だけでも聞いてもらえないかねえ。人の命が懸かっているんだよ」

宇之助は眉を吊《つ》り上げる。

「引き受けるとしても、かなり高くなりますが。よろしいですかね」

おせんはじっとりした目で宇之助を見上げた。

「高いって、いかほど？」

「一両か、もしくはそれ以上」

おせんは、かっと目を見開いて再び立ち上がった。

「そんなに⁉　だって、占うだけだろう。駆けずり回って探してくれって話じゃないよね⁉」

「嫌なら、やめればいい。おれが話を聞く必要もありません」

おせんは眉尻を下げた。宇之助は冷ややかに、おせんを見下ろす。

「人の命が懸かっているような依頼であれば、こちらにも多大な労力がかかる。それに見合った報酬を求めるのは、当然のことでしょう」

おせんは睨《にら》むように宇之助を見上げた。

「占いは、当たるも八卦、当たらぬも八卦――それでも高値をつける価値が、あんたの占いにはあるっていうのかい」

「あると思う者が、おれの占いを受ける」

宇之助は眉ひとつ動かさずに、おせんを見すえ続けていた。

「そもそも、占いが当たるかはずれるかということだけに重きを置く者には、おれの占いは不要です。占いに満足するか否かは、客の心持ち次第なのでね」

おせんは非難がましく顔をしかめた。

「客を選ぶっていうのかい」

宇之助は、すっと目を細める。

「別に、悪くはないでしょう。初鰹に何両も出すやつがいるんだから」

おせんは虚を衝かれたように「は……」と声を上げた。

宇之助は胸を張る。

「おれの占いは、初鰹と一緒なんですよ。初物に手が出せない者は、走りを過ぎてから買いますよね」

おせんは考え込むように瞑目する。

「そりゃあ……鰹を食べるなと言っているわけじゃないもんねえ」

宇之助はうなずく。

「棒手振《ぼてふり》から物を買う金がない者は、どんなに安い占いだってできないでしょう」

おせんは大きなため息をついてうつむく。

「そうだね。無理を言おうとした、あたしが悪かったよ――みふゆさんって人を、どうにかしてやりたかったもんでさ」

宇之助の眉が、ぴくりと跳ね上がった。

「みふゆ……？」

宇之助がおせんに詰め寄る。

「みふゆという人の命が懸かっている依頼なのか⁉」

おせんは顔に戸惑いを浮かべた。

「あたしの知り合いの、みふゆさんって人の継娘が行方不明になっちまったもんで、みふゆさんが疑われて――心労のあまり、飲み食いもできなくなっちまったんだよ」

宇之助は額に手を当て、瞑目《めいもく》した。

「……詳しく話してくれ」

促されるままに、おせんは先ほどの話をくり返した。

聞き終えた宇之助は顔を上げると、背筋を伸ばして宙を仰いだ。

「わかりました。おれが占いましょう。いつもの半値でいい」

「本当かい⁉」

念を押すおせんに、宇之助はうなずいた。

「おれの占い処に、みふゆさんを今から連れてこられますか？」

おせんは顔を曇らせる。

「占いは、あたしが代わりに受けようと思っていたんだけど――」

宇之助は首を横に振った。

「みふゆさんが受けるべきです。何とかしたいと思っている本人が動かなければ、何も変わりませんよ」

「そんな……」

「占いは万能じゃない」

宇之助は厳しい目をおせんに向ける。

「人には、立ち向かわねばならぬ時があるのです。まして今回は、人の命が懸かっている」

宇之助の言葉に、おせんは唇を引き結ぶ。宇之助は、じっとおせんを見つめた。

「受けた依頼には、力をつくします」

宇之助の視線に押されて、おせんは意を決したようだ。長床几に置いてあった汲出茶碗をつかむと、ぐいっとあおる。

「善は急げだ。今から、みふゆさんのところへ行ってくるよ。必ず連れていくから！」

空になった茶碗を長床几の上に戻すと、おせんは勢いよく立ち上がり、戸口へ向かって駆け出した。あっという間に姿が見えなくなる。

おなつが頰に手を当て「ああ」と嘆く。

「おせんさん、占い処の場所を知らないはずよねえ――まあ、それに気づいたら、またここへ来るんでしょうけど」

宇之助がすずに向き直った。

「おれは先に行って、準備をしている。あとから連れてきてくれるか？」

すずは、きよを見た。きよがうなずく。すずは宇之助に視線を戻した。

「承知しました」

宇之助はうなずいて、去っていく。その後ろ姿からは、何かの決意が漂っているように見えた。


案の定、おせんはたまやに戻ってきた。みふゆも一緒である。

おせんの後ろからみふゆが顔を出した時、すずはどきりとした。憔悴《しょうすい》しきった姿が、まるで掛軸の中から抜け出してきた幽霊のように見えたのだ。

挨拶を交わした時の表情は虚《うつ》ろで、すずの顔をまっすぐに見ながら、誰の姿も目に入っていないような視線だった。心ここにあらずを通り越して、魂が体から離れてしまっているのではないかという風情だ。手にした巾着《きんちゃく》を落とさないのが不思議なくらい、力なく見える。おせんが心配するのも、もっともだった。

すずは、みふゆの顔を覗《のぞ》き込む。

「あの――大丈夫ですか？」

「は……はい」

みふゆの声は弱々しい。

けれど、じっと見つめていると、今度はしっかりすずと目を合わせてくれた。目と目を合わせているうちに、どんよりして見えたみふゆの黒目の奥に、小さな光が灯《とも》っているのを感じた。

「占い処まで連れていってください。お願いします」

先ほどより少し力のこもったみふゆの声に、すずは微笑んで「はい」と答えた。強引に引っ張られてきたわけではなく、自分の意思で占いをすることに決めたようだ。

みふゆが承諾したので、おなつも一緒に、四人で福富町へ向かう。

おせんにそっと背中を押されながら歩くみふゆは、まるで手綱を引かれておとなしく従う馬のようだ。疲れ果て、考える気力があまり残っていないように見える。

ここまで追い詰められて気の毒だと、すずは思った。

おぼつかない足取りのみふゆを気遣って、ゆっくりゆっくり進み、天文台の西側に位置する福富町へ入った。かつてかもじ屋だった占い処はどこかと、浅草天文台の前ですれ違った老婆に尋ねれば、鳥越川《とりごえ》の近くにある小さな二階家の前まで案内してくれた。

親切な老婆はおしゃべり好きで「ある日突然かもじ屋が店じまいをして引っ越したあとに、占い師が移り住んできたんだよ」と、こちらが聞いていないことまで教えてくれた。かもじ屋とは、つけ毛やかつらを売る店であるが、老婆も以前はそこに出入りしていたらしい。

「ごめんください」

声をかけてから戸を引き開けると、ちりんと鈴の音が響いた。戸の内側を見上げれば、紐《ひも》のついた鈴が取りつけてあった。

「こちらへどうぞ」

土間の向こうの板間に、宇之助がいた。大きな文机《ふづくえ》の前に座っている。

文机の近くには、座布団がよっつ——ひとつは文机の前、他のみっつはその後ろに並べてあった。

宇之助は目を細めながら、文机の前の座布団を手で差し示す。

「みふゆさんは、ここに座ってください」

みふゆが指示された場所に座ったので、その後ろに、すずたちも腰を下ろした。奥から、おせん、すず、おなつの順で並んでいる。

宇之助はいったん奥へ引っ込むと、茶托《ちゃたく》に載せた茶を運んできて、各自の前に置いた。

それから自分の席に腰を下ろして、みふゆの顔を覗き込む。どうやら、じっと目を見つめているようだ。

「おせんさんから、みふゆさんの娘さんが行方知れずになってしまったと伺いました。大変でしたね」

宇之助はいつもよりずっと柔らかい声を出した。きっと客と向き合う時の話し方なのだろう。

すずは後ろからそっと、みふゆの様子を窺《うかが》う。座る場所を少しずらして、みふゆの横顔がはっきりと見える位置に陣取った。

みふゆは苦しそうに顔をゆがめて、膝の上に置いた巾着を両手で握りしめている。

「あの子は――おたみは無事なんでしょうか――」

みふゆは喉から絞り出すように苦しげな声を上げた。

「占いで、おたみの居場所を突き止められるんですか？　いったい誰が、あの子を連れていってしまったんでしょうか」

宇之助は静かに微笑んで、すっと右手を出した。みふゆの前に置いてある汲出茶碗を指し示す。

「まずは、お茶をどうぞ。喉が渇いているんじゃありませんか。巾着は、脇に置いてください」

みふゆは膝の上の巾着に目を落とした。のろのろと手を動かして、右膝の近くに下ろす。

宇之助は右側に深く首を傾けて、再び、みふゆの顔を覗き込んだ。

「みふゆさんは、だいぶ疲れていらっしゃいますね。おたみさんがいなくなってから、ろくに眠れていないんじゃありませんか。ここに来るまでの間も、ずっと緊張しっ放しだったでしょう」

「はい……」

「さ、お茶をどうぞ」

みふゆは茶碗を手にして、口をつけた。宇之助は「それでいい」と言うように、大きくうなずく。

ぐびりぐびりと茶を飲んで、みふゆは大きく息をついた。宇之助の言った通り、本当に喉が渇いていたようだ。まるで茶を飲み終わってから喉の渇きに気づいたような表情をしている。

汲出茶碗をじっと見つめてから、みふゆは茶托の上に戻した。

「どうです、少しは落ち着きましたか？」

「はい……」

みふゆの目をじっと見ながら、宇之助が居住まいを正す。

「では、占いを始めましょうか」

みふゆの顔が怯《おび》えたように強張った。宇之助はまっすぐにみふゆの目を見つめ続ける。

「おせんさんから話を聞いた限りでは、おそらく、おたみさんは無事でしょう」

「ほっ、本当ですか⁉」

みふゆは中腰になって身を乗り出し、文机に両手をついた。

「おたみは生きているんですね⁉」

宇之助はみふゆと目を合わせたまま、ゆっくりとうなずいた。

「はい、おそらくは――。身代《みのしろ》を求める投げ文などもなかったということですし、きっと拐かしではないでしょう。おたみさんに危害を加える者はいないはずですよ」

みふゆは、ほーっと大きく息を吐いた。へなへなと体の力が抜けていき、ぺたりと床に座り込んでしまう。

すずも、ほっと肩の力を抜いて息をついた。両隣の二人も、同じように安堵の息を漏らしている。

みふゆは胸の前で両手を握り合わせた。

「だけど、それじゃ、あの子はいったいどうして、いなくなってしまったんでしょうか」

「自ら進んで家を出たと思われます」

宇之助の言葉に、みふゆは眉を曇らせる。

「家出ですか。わたしを嫌うあまり、もう家にはいたくないと――」

宇之助は答えずに、文机の引き出しから小箱を取り出した。箱の蓋を開けて、中から何枚もの絵札を取り出す。

「花がるた――？」

そう呟《つぶや》いたのは、おせんである。いつの間にか立ち上がって、みふゆの背中越しに文机の上を覗き込んでいた。

「ちょいと宇之助さん、あんたまさか、ご公儀に睨まれるような真似をしているんじゃないだろうね!?」

「もちろん賭場《とば》など開いておりませんよ。わたしは賭《か》け事とは無縁です」

宇之助は口角を引き上げて、おせんを見た。

「おせんさんもご存じのようですが、花がるたは通常、四十八枚の札で成り立っています」

四十八枚の札には、一月から十二月までの季節にちなんだ花などが描かれている。

花がるたは、天正（一五七三～九二）の頃に阿蘭陀《オランダ》の水夫によって長崎へ伝えられた『うんすんかるた』が次第に変化して作られた物とされており、賭博《とばく》に用いられるようになったため、たびたび幕府から禁止令が出されていた。

おせんは腕組みをして、うなずく。

「だけど、お役人の目を盗んで賭け事をする者は大勢いるだろう。花がるたを持っているだけで、お役人に目をつけられちまうんじゃないのかい」

「それは大丈夫です」

宇之助は事もなげに言った。

「わたしは昔、ご公儀のお役人を占ったこともありますが、この絵札を見ても何も言われませんでしたよ」

おせんは感嘆したように「へぇ」と声を上げて、宇之助と絵札を交互に見やった。

宇之助は、みふゆに向き直る。

「わたしは占いに花札を使います。札に描かれた絵から、状況を読み取るのです」

宇之助は再びまっすぐに、みふゆの目を見た。

「それでは、おたみさんの行方を占うということでよろしいですね？」

「はい」

みふゆは居住まいを正した。

「どうぞよろしくお願いいたします」

「承りました」

宇之助は手際よく札を切ると、絵柄を伏せたまま、まとめて文机の上に置いた。

左側に置いた札の塊を、右手でざっと横に流すように広げる。まるで文机の上に、札で川を描いたかのようだ。

宇之助は左手の人差し指をぴんと立てて額の前にかざすと、精神統一をするように瞑目した。そして目を開けると、文机の上に広げた札を左手で一枚選び取る。

表に返された札が文机の上に置かれた。

おせんが一歩前に出る。すずも立ち上がって、札を見ようと首を伸ばした。おなつも同様に、文机の上を凝視している。

「柳に短冊――」

宇之助が呟いた。

「ふうん……なるほど……」

宇之助は札を手にして、じっと絵を見つめた。しばし無言になる。

沈黙が部屋に満ちた。

宇之助は微動だにせず、札を凝視し続けている。すずの胸に緊張が込み上げてきた。宇之助は札の絵から、いったい何を読み取っているのだろう。

みふゆを見ると、不安でたまらないという表情で宇之助を見つめていた。

宇之助は絵札から顔を上げると、首をかしげながらみふゆを見る。みふゆは身構えたように背筋を伸ばした。

「みふゆさん、水辺に心当たりはありませんか」

「水辺ですか？」

心当たりを探すように、みふゆは視線を泳がせた。

「水辺といえば……川とか、海とか……井戸端なんかも水辺に入るんでしょうか」

宇之助は、みふゆの前に絵札を掲げた。

「この札には、柳が描かれています。柳といえば、水辺に多く生えている植物です。おたみさんの行方に水辺が関わっていると、札が教えてくれているのですが――おたみさんに近い人で、誰か水辺に関わりのある人がいますよね」

みふゆは拝むように、顔の前で両手を合わせた。

「おたみに近い人――親類縁者のところは、すべて捜したんです。誰も川の近くに住んでいないし、海の近くにも住んでいません。船頭や漁師も――あっ、船頭」

みふゆは弾かれたように両手を下ろして、目を見開いた。

宇之助は手にしていた札を文机の上に置いて、みふゆの顔を覗き込む。

「船頭に心当たりがあるのですか？」

みふゆはうなずいた。

「おたみの習い事の友達の家が、船宿を営んでいるんです」

その友達に誘われて、今年の夏に、おたみは大川の打ち上げ花火を見にいっていた。屋形船を出してもらい、食事までごちそうになったのだと嬉しそうにおつるに話しているおたみの姿を、みふゆは離れた場所から見ていたと聞いて、おせんが憤慨した。

「また、おつるって女かい⁉」

みふゆは振り向いて、うなずく。

「わたしには、そんな話、してくれませんよ」

屋形船の話を小耳に挟んだみふゆは、親として手土産を用意しようとしたのだが、おたみはおつると相談してすでに手配してしまっていた。花火が終わったあとは、船宿の下男がおたみを送ってきてくれたのだったが、その応対もすべておつるが取り仕切っていたので、みふゆの出る幕などなかった。

みふゆは寂しそうに目を伏せる。

「お恥ずかしい話ですが、わたしには、どこの船宿だったかさえわからないのです」

みふゆは膝の上で両手を握り合わせた。

「帰ってすぐに、おつるを問いただしてみます。もしそこに、おたみがいるのなら――」

みふゆが腰を浮かせる。

「お待ちなさい。おつるという人は、しらを切るに決まっていますよ」

宇之助の言葉に、みふゆは中腰のまま動きを止めた。

「おつるを罠《わな》にかけましょう」

目を見開くみふゆに向かって、宇之助は微笑みながらうなずいた。

「家に帰ったら、ご亭主にこう言うのです。『よく当たると評判の占い師のところへ行って、おたみの行方を占ったら、娘は水辺にいると言われました。川の近くかもしれません。

岡っ引きの旦那に頼んで、川沿いの家を片っ端から探してもらいましょう』とね」

必ず、おつるの耳に入るところで言うのだと、宇之助は続けた。そして、おつるの動きをじっと見ていろと指示を出す。

みふゆは文机の前に座り直した。

「だけど、次平さんが『うん』と言ってくれなかったら——占いを信じても仕方がないだろうと言われてしまったら、どうするんですか」

「わたしの名前を出せばいい」

宇之助は即答した。

「それから、木綿《もめん》問屋の隠居で三島屋《みしまや》徹造《てつぞう》という男が、わたしの占いに心酔していると告げるのです」

みふゆは目を丸くする。

「木綿問屋の三島屋さんって、大伝馬町《おおでんまちょう》一丁目にある、あの大きな店構えの——」

宇之助は事もなげに「ええ」と答えた。

「徹造さんに、わたしのことを確かめてもらっても構いませんよ」

すずは、おせん、おなつと顔を見合わせた。これまで宇之助が占ってきた相手は、本当に金持ちだったのだと痛感する。

それにしても——と、すずは思う。宇之助の占いの詳細は、おなつの耳にも聞こえてこなかったらしいが、宇之助自ら客の名前を出すなんて、やはり「みふゆ」を放ってはおけないということか。

亡き妻に対する宇之助の想いの深さを、すずは垣間《かいま》見た気がした。

宇之助は、目の前にいるみふゆの顔を覗き込む。

「岡っ引きの旦那に、本当に探索を頼む必要はありません。岡っ引きが動き出すかもしれないと、おつるに思わせればよいのです」

自分の身を守るため、おつるは必ず、おたみのいる船宿へ向かうはずです、と宇之助は続けた。だから、そのあとをつければいい。次平と一緒におたみを迎えにいって、おつるという女中の悪だくみを暴いておやりなさい、と。

宇之助は自信ありげに口角を引き上げた。

「今度こそ、きっと、幸せになれますよ」

みふゆは顔を伏せた。

「どうしました？」

宇之助の呼びかけに、みふゆは答えない。

「……怖いんですか？」

宇之助の問いに、みふゆはじっとうつむいたままだ。わずかに肩が震えている。このまま前にのめっていって気を失ってしまうのではないかと、後ろから見ていたすずは思った。

怖いんですかと聞かれて、みふゆは大きくうつむいた。ぎゅっと目を閉じて、泣くのをこらえようとしたが、次々と涙が溢《あふ》れ出てしまう。

怖いに決まってる。おたみに拒み続けられるのは、もう嫌だ。

目の前の占い師がほのめかした通り、おたみの行方不明騒動に、おつるが関わっているのだとしたら。自分への嫌がらせのために、おたみが仕組んだのだとしたら、はたして、みふゆが迎えにいく意味などあるのだろうか。

他人目《ひとめ》のあるところで、わあわあと「その女がいるから、わたしは家に帰らないんだ」と責め立てられたりしたら、もう耐えられない。

他人目を気にしてはいけないと思うが、それでもやはり、気にせずにはいられない。みふゆは周りの目が怖かった。

だって小松屋の奉公人たちはみんな、みふゆの一挙一動に目を光らせているのだ。

床の間に花を生ければ「前のおかみさんのほうが上手でしたね」と聞こえよがしに言われ、新しい帯締めを身に着ければ「前のおかみさんは、あんな下品な色を好みませんでした」とまで言われる始末。

おたみに話しかけようとすると、誰も彼もが間に入ってきて、邪魔をするのだ。

それは奉公人たちだけでなく、親類たちも同じだった。

みんな、前妻の、おのぶと比べる。口をそろえて「あの人が生きていたら」と嘆く。おたみがわがままに育ってしまったのは、みふゆが立派な母親になれないから――やはり継母は駄目だというのだ。

みんなの視線がつらいと夫に訴えれば、「気にし過ぎだ」と言うばかりで、まともに取り合ってくれなかった。みふゆの置かれた現状に、本当は気づいているだろうに、気づかないふりをしている。表立ってみふゆをかばえば、おたみを傷つけてしまうと思っているようだ。最近では、仕事にかまけて、ろくに話を聞いてくれなくなった。

次平と一緒になったのは間違いだったのだろうかと、何度も思った。

料亭の女中として働いているところを見初められ、口説かれて、よき妻になろうと決心した。継娘のことも可愛がろうと思った。自分も幼い頃に母を亡くしていたから、きっと継娘の気持ちがわかると思ったのだ。

けれど、おたみはちっとも懐いてくれなかった。女中頭のおつるにべったりだ。

おつるは先代の頃から仕えており、次平の両親を看取《みと》る際にもそばにいたという。前妻おのぶの看病もよくしたと聞いた。

誠心誠意をもってつくしてくれる奉公人だと次平は言っていたが、おつるが次平を見る目は「女の目」だと、みふゆは気づいていた。

前妻のおのぶは商家のお嬢さんだったというから、おつるもあきらめていたに違いない。けれど、みふゆは女中だった女だ。

同じ女中だったのに、どうして——と、おつるは歯嚙《はが》みしたに違いない。あくせく料理を運び続ける料亭の女中など、自分より格下だと、蔑《さげす》んでいたに違いない。

だから、おのぶには向けなかった悪意を、みふゆにはあからさまにぶつけてきたのだ。

みふゆは両手で顔を覆った。

「いったい、どうすればよかったの……どう頑張ったって、わたしはおのぶさんにはなれない……」

「当たり前でしょう」

すぐ近くで聞こえた声に、みふゆは顔を上げた。

文机の向こうから、占い師がじっとこちらを見ている。

「あなたは、みふゆさんです。他の誰かになろうとする必要などないのですよ」

その言葉は、まるで暗闇を照らす光のように、みふゆの胸の中にすっと入り込んできた。

周りの者すべてが自分とおのぶを比べる中で、初めて聞いた言葉のような気がする。夫の次平ですら、そんなふうには言ってくれなかった。

「わたしは、わたしのままでいい……？」

占い師は大きくうなずく。

「あなたに必要なのは勇気です」

占い師は文机の上に広がっている札に目を落とした。

「みふゆさんが勇気を出すためにどうしたらいいのか、もう一度、札に聞いてみましょうか？」

みふゆは「柳に短冊」の札を見つめた。

「あなたが進むべき道を、札が教えてくれると思いますよ」

占い師の言葉通り、本当に、札に未来が現れるのなら——。

みふゆは文机の上に、そっと手を置いた。

「知りたいです」

頬を伝う涙をそのままに、みふゆは続けた。

「幸せになりたい——そのために、わたしはいったい何をしたらいいんでしょうか」

占い師は優しく微笑んで、うなずいた。

❀

すずの目には、宇之助が何かを吹っ切ったように見えた。

みふゆの顔つきも、いつの間にか変わっている。

文机を挟んで向かい合った二人の間には、このわずかな時の間に、しっかりと信頼が結ばれたように見えた。

宇之助が先ほどと同じように、左手の人差し指をぴんと立てて額の前にかざし、瞑目する。そして目を開けると、文机の上に広げた札の中から一枚を選び取った。

表に返された札が、みふゆの前に置かれる。

「藤にほととぎす——」

宇之助は札を凝視した。文机の上で拝むように両手を合わせ、しばし無言になる。

「この札は、死んだおのぶさんを表しているようです」

やがて宇之助の口から出た言葉に、みふゆが「えっ」と声を上げた。

「藤の花も、ほととぎすも、どちらもおのぶさんの姿だとは思いませんか」

みふゆは首をかしげて札を見つめる。

「藤は『不治』を思い浮かべるという人がいる……だから、病が治らずに死んだおのぶさんの姿だというんですか?」

「そうです」

すずの隣で、おせんが「だけどさ」と口を開く。

「藤は、死なないという意味の『不死』に言葉が似ているから、縁起がいいと考えている人も多いじゃないか」

宇之助はうなずいた。

「ですが、この札が今ここで表しているのは、病が治らなかったという意味でしょうね」

「じゃあ、ほととぎすは、どういう意味だい？」

おせんには答えず、宇之助はみふゆの顔を覗き込んだ。

「ほととぎすがどんな鳥か、ご存じですか？」

みふゆは首を横に振る。

「名前はよく聞きますけど――」

「ほととぎすは、うぐいすの巣に卵を産み落とし、うぐいすに育てさせるのですよ」

宇之助は意味ありげに目を細めた。

「つまり、うぐいすは、ほととぎすの雛《ひな》の継母ですね」

みふゆが息を吞む。おせんも口に手を当て、黙り込んだ。

「うぐいすとほととぎすの卵は色がよく似ているため見分けが難しいようで、うぐいすは託されたほととぎすの卵を温め続け、卵から孵《かえ》った雛の世話をするそうです」

みふゆは絵札からゆっくりと顔を上げて宇之助を見た。

「わたしがうぐいすで、おのぶさんはほととぎすだとおっしゃるんですか……？」

みふゆの眼差《まなざ》しをまっすぐに受け止めて、宇之助はうなずく。

「もちろん、あなた方と鳥の事情は違います」

病で死んだおのぶは、意図してみふゆのところにおたみを置いていったわけではないのだ。

「ですが、この絵札には、おのぶさんがみふゆさんに大事な娘を託した気持ちが現れているように思えてならないのですよ。たとえこの世の誰が認めてくれなくても、あの世のおのぶさんが、みふゆさんの気持ちをわかってくれているんじゃありませんか。目に見えないものは、あの世からのほうがよく見えるのかもしれません」

みふゆは小さく頭を振った。

「あなたは、おたみさんの身を案じて、わたしのところへやってきた。継娘に拒まれているにもかかわらず、継娘のために動いたのです。そこは自信を持ってください」

みふゆは、くしゃりと顔をゆがめた。

「もっと自分を信じることです」

宇之助は、みふゆの目をじっと見つめた。

「もう少し、あきらめずに踏ん張ってごらんなさい。あなたの思いは、おたみさんにも必ず伝わるはずだと、わたしは信じますよ」

みふゆは背筋を伸ばした。

「あの家に、わたしの居場所はあるんでしょうか……」

「作るのですよ」

宇之助は力強く言いきった。

「居場所は、自分で作るのです。大丈夫。きっと、できますよ」

みふゆは膝の上で両手の拳を握り固めて、文机の上を見つめた。

「柳に短冊」と「藤にほととぎす」――。

しばしの間、みふゆは二枚の札に見入っていた。

「わたし、おたみの居場所を突き止めて、迎えにいきます」

やがて凛《りん》と顎を引き、みふゆは真正面から宇之助に向かい合った。

「どんなに嫌がられても、わたしのこの手で、おたみを家に連れて帰ります」

宇之助はまぶしそうに目を細めて、満面の笑みを浮かべた。

帰路に就いたみふゆの足取りは、たまやに現れた時とはまるで違っていた。

前を見て、力強く進んでいくみふゆの背中を間近で眺めながら、すずは感嘆の息をついた。

占いがこんなにも人の心を変えるのだということを、すずは初めて知った。


「おたみちゃんが見つかったよ！」と叫びながら、おせんがたまやに飛び込んできたのは、その翌朝である。

「さっき小松屋の手代《てだい》が、みふゆさんからの文をうちに届けにきたんだよ」

みふゆの文によると、おたみがいたのは、やはり大川沿いの船宿だった。

「水辺だよ、水辺！　宇之助さんの占い通りだったじゃないか」

おせんは興奮しきった声を上げると、店の奥にある調理場近くの長床几にどっかりと腰を下ろした。

「昨日あれから、どんなふうに事が運んだのかねえ」

みふゆの文には「落ち着いたら改めて挨拶に伺います」と書かれており、まだ仔細《しさい》はわからないのだという。

きよが調理場から出てきて、おせんの前に立った。

「取り急ぎ無事を報《しら》せてくれたんだから、それでいいじゃないか。あとはもう待つしかないよ」

「わかってるさ。何しろ娘が行方知れずになっていたんだからねえ」

おせんは唇を尖らせて、きよを見上げた。

「親子三人でじっくり話して、今度こそ、ちゃんと家族になってもらいたいもんだよ。ねえ、すずちゃん」

「はい」

すずは最福神社の方角へ体を向けた。胸の前で両手を合わせ、みふゆたち家族の幸せを祈る。

宇之助の前で「幸せになりたい」と訴えた、みふゆの切なる声は、きっと神にも届いただろう。そして今頃、みふゆは勇気を胸に抱きながら、おたみと向かい合っているはずだ。

みふゆがおせんとともにたまやへ姿を現したのは、その二日後の朝――何と、おたみを連れていた。

「このたびは本当にありがとうございました。みなさんのおかげで事が収まりました」

土間に踏み入って深々と頭を下げるみふゆの後ろで、おたみもぺこりと頭を下げた。気の強そうな顔つきだが、なかなかの美人である。

すずはみふゆの前に立つと、にっこり笑った。

「あたしたちは、ただ、占い処までついていっただけですよ。みふゆさんのご尽力の賜物《たまもの》です」

みふゆは嬉しそうな笑みを浮かべながら、おたみに目配せをした。おたみは殊勝な顔でうなずくと、手にしていた風呂敷包みを長床几の上で開いて、中から箱をひとつ取り出した。箱を手に、みふゆの隣に並ぶ。

みふゆはおたみの背中に手を当てながら、おたみが持っている箱を指し示した。

「大福餅《だいふくもち》でございます。甘味を扱っていらっしゃるたまやさんにお持ちするのはどうかとも思ったのですが、うちの亭主が『大きな福という名のついた大福餅は縁起がいいから』と申しまして――どうかご笑納くださいませ」

みふゆに促され、おたみがすずの前に箱を差し出す。すずは手を横に振りながら、思わず一歩下がった。

「そんな、いただけません」

おたみが一歩ずいっと詰めてきて、箱を突きつけてくる。

すずは調理場のほうを振り返った。すぐそこまで来ていたきよが、みふゆに向かって頭を下げる。

「こんなお気遣いをいただいちゃ、心苦しいですよ」

「ありがたく受け取っておきなよ。みふゆさんの気持ちなんだからさ」

おせんがきよの背中をぽんと軽く叩いた。

「あたしはさっき、いただいたよ。小松屋さん一家がめでたくまとまった証《あかし》の、祝いの品でもあるんだからねえ」

おたみがきよに向かって箱を差し出した。

きよは目を細めて、おたみとみふゆを交互に見やる。祝いの品と聞けば、無下にはできないだろう。

「それじゃ、遠慮なくいただきます」

受け取って、きよはみふゆに頭を下げた。みふゆも丁寧に礼を返す。

「わたしどもは今から、宇之助さんのところへ行って、事の顛末《てんまつ》をお報せしてまいりますが――すずさんにもご一緒願えませんでしょうか」

すずはみふゆの顔を覗き込んだ。

「あたしもですか？」

みふゆはすずに向き直ってうなずく。

「占いに同席してくださったみなさんには、一緒に聞いていただきたいんです。昼時の、お店が忙しくなる前には、お戻りいただけるようにしますので」

すずは、きよの顔を見た。きよは笑顔でうなずく。

「そういうことなら、行っておいで」

「おっかさん、ありがとう」

おなつも誘い、五人で福富町へ向かった。


占い処の戸を叩き、「ごめんください」と声をかけると、すぐに中から「どうぞ」と返事があった。戸を引き開けると、ちりんと鈴が鳴り響く。

文机の前に座っていた宇之助は立ち上がると、こちらを見て目を細めた。

「人数が増えていますね」

みふゆが土間に踏み入って、深々と頭を下げる。

「おかげさまで、万事丸く収まりました。本日は、そのお礼と、先日のご報告をさせていただきたいと思いまして――」

みふゆは身を起こすと文机のほうを見て、思わずといったふうに「あっ」と声を上げた。皿に載せられた大福餅がある。

みふゆは気まずそうな顔で、おたみに持たせている風呂敷包みを振り返った。

宇之助が首を伸ばす。

「どうしました？」

「いえ、あの――ささやかな物ですが、お礼の品にと大福餅を用意してしまいまして」

宇之助は文机の上の大福餅と、おたみが手にしている風呂敷包みを交互に見て、相好《そうごう》を崩した。

「それはありがたい。甘い物でしたら、いくつ食べても飽きませんので。何なら毎日、毎食、大福でもいいくらいです」

みふゆは恐縮したように頭を下げる。きっと、宇之助が気を遣ってそう言ったと思っているのだ。

けれど、宇之助の言葉は本心だ。医者の緒方のもとで大福を六ついっぺんに食べた経緯《いきさつ》からしても、相当な甘党なのだ。

「では、みふゆさんの話を伺いながら、みんなで大福をいただきましょう」

宇之助はいったん奥へ引っ込むと、いそいそと座布団を抱えてきた。文机の前にふたつ、残りのみっつはその後ろに並べる。

茶と大福餅も人数分に分けて運んでくると、宇之助は自分の席に腰を下ろした。

みふゆとおたみは文机の前に居住まいを正すと、改めて深々と頭を下げる。

「このたびは本当にお世話になりました。宇之助さんの占いのおかげで、こうして、おたみと心を通わせることができました」

大福をつかもうとしていた宇之助が手を引っ込めて、顔を上げたみふゆに笑いかける。

「よかったですね」

「はい」

みふゆは嬉しそうな笑顔で、隣のおたみへ目をやった。

「あの日ここで背中を押していただいたおかげで、やっと本当の親子になれました」

宇之助がじっと、おたみを見た。おたみは居心地が悪そうに、小さく身をよじる。

「四年前、おつるがわたしに言ったんです。『新しいおっかさんは金目当てで小松屋に入ってきたんだから、お嬢さんを可愛がってくださるはずがありませんよ』って――」

その頃、おたみは実母を亡くした寂しさを抱えて途方に暮れていた。父親は可愛がってくれるが、仕事で忙しく、いつもそばにいてはくれない。

女中頭のおつるはいつもそばにいて、甘やかしてくれた。だから懐いてはいたが、やはり奉公人だ。母親のいない寂しさは埋められなかった。

「新しいおっかさんがくるよ」と父親に聞いた時、おたみは正直、嫌だったという。

「わたしのおっかさんは、死んだおっかさん一人だけ。そう思ったんです」

けれど初めて会った時、みふゆは優しく微笑んで、こう言った。

――わたしを二人目のおっかさんにしてもらえませんか――。

二人目のおっかさん……その言葉は胸にじんわり温かく染み込んできたのだと、おたみは語る。

「死んだおっかさんを忘れる必要はない、そのまま大事に思い続けていればいいんだと聞いて、わたしはほっとしました。この人なら、二人目のおっかさんにしてもいいと思った。だけど……」

おつるの言葉に翻弄《ほんろう》されてしまったのだと、おたみは肩を落とす。

まだ八つだったおたみの耳に、おつるは毎日みふゆの悪口を吹き込んでいたのだ。

――死んだおっかさんを忘れる必要はないだなんて、嘘に決まっているじゃありませんか。あの女は小松屋に入ってきてすぐ納戸《なんど》へ行って、前のおかみさんが使っていた食器を全部割ってしまったんですよ――。

――お嬢さんのことを「邪魔な子供だ」と言っていました。前のおかみさんが植えた水仙の球根を掘り起こして、「目障りだから捨てろ」とも言われましたよ――。

「わたしは、まんまと信じてしまったんです。本当に馬鹿でした」

おたみはうつむいて、膝の上で両手を握り合わせた。

「新しいおっかさんのことは信じちゃいけないと思うようになりました。おまけに、おつるの口車に乗せられて、次々と嫌がらせを――」

宇之助は、おたみの顔を覗き込んだ。

「おたみさんも、苦しかったのですね」

宇之助は微笑んで、おたみの目を見つめる。

「長年近くにいた者の言葉と、出会ったばかりの者の言葉では、どちらが真実か見抜けなくても仕方ありません。おたみさんは、まだ子供でしたし。寂しさや不安が綯《な》い交《ま》ぜになって、考える力も弱っていたのでしょう」

おたみはうなずく。

「でも……わたしはひどいことを……」

「おつるのやったことは、呪いと同じです」

宇之助が強い口調でおたみをさえぎった。

「みふゆさんの悪口を毎日くり返すことにより、おたみさんの心を支配しようとしていたのです。悪口は、人の心をむしばむ毒ですからね。聞き続ける者の心に害をおよぼします」

「このままでいいのかと、この子も相当悩んでいたようです」

おたみをかばうように、みふゆが口を開いた。

「おつるは次第に、まるで母親のようなロを利くようになったそうで」

前のおかみさんから、お嬢さんを託されているのですよ——口癖のようにそう言って、よく世話をしてくれるおつるのことを、おたみは幼心にもありがたいと思っていた。

——こちらへいらっしゃい、髪のほつれを直してさしあげますよ——。

——お嬢さんには、こちらの着物のほうがお似合いです——。

身の回りの世話をしてくれていたおつるは、やがて手習いや躾《しつけ》にまで口を出すようになった。

——字はもっと綺麗に書かなきゃいけませんよ——。

——その座り方はいけません。立つ時も、もっとおしとやかに見えるように——。

自分のためを思って言ってくれるのだと最初は信じ切っていたおたみだが、おつるが友人の選別までするようになってきたので、これはおかしいと疑念を抱いた。

うなだれるおたみの背中を、みふゆが撫《な》でさする。

「わたしに近寄ろうとすると、烈火のごとく怒ったのだそうですよ」

そして、「長年仕えてきたおつるを捨てるのですか」と泣くのだという。

「わたしは、おたみがおつるを母親のように慕っていると思っていたのですが……違っていたようです」

宇之助は静かに、みふゆを見た。

「ここから帰ったあと、あなたはすぐに動いたのですね？」

みふゆはうなずいて、あの日の出来事を話し始めた。

小松屋に戻ったみふゆは次平を居間へ呼び、おつるに茶を持ってきてほしいと告げた。

そして、おつるの足音が聞こえてから、次平に向かって話し出したのだ。

「気が高ぶっているふりをして、わざと大きな声を出しました」

だから話の最初からすべて、おつるには聞こえていたはずだと、みふゆは笑った。

占い師の言葉通り、川沿いを探索されたらたまらないと、おつるは思ったのだろう。茶を置いて下がると、そのまま人目を忍ぶように小松屋を出ていった。

「絶対に逃がすものかと思いながら、次平さんと一緒にあとをつけたんです」

友人宅へ駆け込んできたおつると、それを追って飛び込んできた二人を見て、おたみは
目を丸くした。

「わたしが船宿にいることは、おとっつぁんも承知のことだと思い込んでいたんです」

おたみは家の事情を友人に包み隠さず打ち明けていた。

おつるの言動がおかしいのではないかと思い始めたが、長年よく仕えてくれた者を疑う
ことなどしたくない。ひょっとして、継母となったみふゆは悪い人ではないのではないか
と思い始めたが、今さら素直に話すことなどできない。

けれど今のままでは、どんどん悪いほうへ流されてしまう——悩んだおたみは、ろくに

眠れなくなってしまっていた。

「心配した友達が、気晴らしに泊まりにいらっしゃいと誘ってくれたんです」

船宿の主夫婦はとても面倒見がよく、娘の友人であるおたみのことをとても気に入っていたらしい。また、おたみと継母との仲を心配していた娘から話を聞いて、とても親身になってくれていた。だから「親御さんの許しが得られるのなら、何日か泊まっていい」と言ってくれたのだ。

おつるから離れ、一人で冷静に考えてみる好機かもしれないと思ったおたみは、すぐ次平に話そうとした。もちろん、おつるには、ただ遊びにいくのだということにして——。

「だけど、おとっつぁんは忙しくて、話を聞いてもらえなかったんです」

昼間は店で客の相手をし、夜は取引先と飲みにいく。遅く帰ってきた翌朝は寝床でゆっくり休んでおり、おたみと一緒に膳を囲まない日が続いていた。

じっと話を聞いていたすずは、もしかしたら次平は、娘から後妻の悪口を聞かされるかもしれないと思って、娘から逃げていたのではないかと思った。

「わたしの様子に気づいたおつるが『旦那さまに何かご用があるのなら、このおつるがお言伝いたしましょうか』と言い出したんです」

おたみは仕事場への出入りを許されていなかったが、おつるであれば店のほうへ行って父に話しかけることもできる——そう思ったおたみは、やむなく言伝を頼んだ。

「そのあとすぐ、わたしが友達の家へ泊りにいくことを、おとっつぁんは快く許してくれたと、おつるが言ってきたんです」

だが、おつるは次平に何の話もしていなかった。嘘をついて、おたみを友人宅へ送り出したのだ。

友人の父は、おたみを預かる旨を記した文を送ってくれていたのだが、いつの間にかも次平のもとへ届く前にまず、おつるの手元へ運ばれていた。

「お嬢さんに関することは、すべておつるさんに」ということになっていたため、その文だから驚きだ。おつるは文を握り潰したのみならず、次平に成りすまして返事まで書いていたというのだ。

おつるがしていたことを誰も気づかなかったとあとから聞いて、次平は頭を抱えて嘆いたという。

みふゆが大きなため息をついた。

「おつるは、わたしのせいでおたみがいなくなったと小松屋のみんなに思い込ませてから、おたみを家に戻し、わたしを追い出そうとしていたんです」

すずの隣で、おせんが自分の腿《もも》を拳で叩いた。

「何てこった。それじゃ、あの日ここへ来て占いをしなければ、おつるがおたみさんを迎えにいって『お嬢さんは、おかみさんのせいで思い悩んで家出したんです』とか何とか言い広めていたってことかい」

みふゆがおせんに向かってうなずいた。

「あと一日遅ければ、おそらく――おたみが『違う』と言ってくれても、小松屋の奉公人たちは信じなかったでしょうね。これまで散々おつると一緒になって、わたしの悪口を言っていましたから」

おたみの目から涙がこぼれた。

「わたしのせいで……」

おたみの自責をさえぎるように、おせんが「危なかったねえ」と声を上げる。

「素直な気持ちをみんなに言っても、あのままじゃ、けっきょくおつるのいいようにされていたと思うよ。『おかみさんのせいでお嬢さんが家出したことに変わりはない』とか何とか言い張られてさ」

宇之助がうなずく。

「周りを言い含めるのが上手い女はいますからね。おたみさんの思い悩んでいた理由は、けっきょく、みふゆさんとの間柄でしたし――その辺りの言葉尻を巧みに捕えて、自分の思う方向へ話を持っていくのですよ」

みふゆが苦笑する。

「わたしも、そう思いました。今ここで出遅れたら、またおつるにやり込められてしまう――そう思って、必死で、おたみの名を叫びました。おつるより先に、おたみに会わねばと、その一心で……」

　おたみ、おたみと、みふゆが何度も大声を出したため、船宿にいた客たちが何事かと集まってくる騒ぎになっていた。

「あちらさまにも、すっかりご迷惑をおかけしてしまいました」

　開き直ったような顔でくすりと笑うみふゆを、おたみが照れくさそうに見つめる。

「びっくりした――あんなふうに呼ばれたこと、今まで一度もなかったから」

　おたみは宇之助に向き直る。

「わたしを探すために、おっかさんが有名な占い師に相談したと聞いて、また驚きました。そんなに心配してくれるとは思わなかったから……」

　すずの胸が、ぽっと温かくなった。

　おっかさん――おたみは今、確かに、みふゆのことをそう呼んだのだ。

　おたみとみふゆの顔には、まだ少し気恥ずかしさを感じているような笑みが浮かんでいる。

「おっかさんがどれだけわたしのことを思ってくれているのか、以前から、おとっつぁんに言われていたんです。だけど、わたしは信じなかった――おっかさんが血相を変えて船宿へ飛び込んできた時に初めて、おとっつぁんが言っていたことは本当だったんだとわかったんです」

おたみの言葉に、みふゆが眉尻を下げた。

「もっと早くに、わたしが勇気を出していれば……」

おたみが頭を振る。

「おっかさん、全部わたしが悪かったのよ」

「いいえ、わたしが――」

おたみとみふゆは互いにかばい合って、顔を見合わせた。

宇之助が目を細めて二人を交互に見やる。

「すっかりお茶が冷めてしまいましたね。新しいのを淹れてきましょうか」

すずは目の前の茶碗を見た。確かに、立ち昇っていた湯気が消えてしまっている。みなの茶碗も手つかずのままのようだ。

「いいよ、もったいない。冷めたお茶で、じゅうぶんさ」

言うや否や、おせんが茶を飲んだ。

「せっかくだから、大福もいただこうかね」

と言いながら大福餅に手を伸ばし、口に運ぶ。

「んっ、美味《おい》しい」

一同の顔に笑みが浮かんだ。

おせんに続いて、おなつが大福餅にかじりつく。すずも皿に手を伸ばした。

大福餅を噛むと、しっとりしたやわらかな皮が破れて、中から甘い粒餡《つぶあん》が溢れ出てきた。口の中いっぱいに広がる餡は、とても上品な甘さだ。上等な砂糖を使っているに違いない。餡の量もたっぷりで、何とも贅沢《ぜいたく》だ。

それでいて素朴な風味も感じる大福は、いくつでも食べられてしまいそうだ。

小松屋は感謝の念を込めて、気軽に食べてもらえる物を選んだに違いない。

そっと前を窺うと、みふゆとおたみも微笑み合いながら、大福餅を頬張っていた。

すずの胸がいっぱいになる。

今の二人は、どこからどう見ても、仲睦まじい母娘《おやこ》だ。

もう食べ終わっている宇之助は空になった皿を眺めて、満足そうに目を細めていた。いや、もしかしたら「もっと食べたい」と渇望しながら皿を見つめているのかもしれない。

「そういや、おつるはどうなったんだい」

おせんが茶をすすりながら声を上げた。

「まさか、このまま小松屋で女中をやらせておくってんじゃないだろうね」

みふゆが皿を置いてうなずく。

「ええ、さすがに、それは——」

暇を出されたおつるは、すでに親類のいる砂村《すなむら》へ身を寄せていた。

みふゆに対する奉公人たちの誤解も解け、新しい女中頭を立てた小松屋は改めて結束を固めたのだというから、すずもほっとした。

「とにかく、これで一条宇之助のすごさはわかったよ」

おせんが明るい声を上げて、ぱんっと手を叩いた。

「もっと安く、気軽に占いを受けられるとありがたいんだけどねえ」

宇之助は、ふふんと鼻先で笑う。

「安売りはしませんよ」

「わかってるってば」

おせんが手を振りながら腰を浮かせる。

「じゃあ、そろそろお暇《いとま》しようかねえ。すずちゃんも、たまやに戻らなきゃならないし」

すずはうなずいて、立ち上がった。

「あっ」

急に、くらりとした。後ろに引っ張られているように、頭がぐらつく。倒れまいと前かがみになったすずは、そのまま床に手をついて座り込んでしまった。

「すずちゃん！　大丈夫かい⁉　また具合が悪くなっちまったのかい」

おせんの焦り声が聞こえる。

「どうしよう、駕籠《かご》を――いや、それより、お医者を」

「だ……いじょう……ぶ」

すずは懸命に声をしぼり出した。なぜか体に力が入らない。

「無理にしゃべるな」

気がつけば、宇之助に体を支えられていた。

「先日と同じ目まいだな？」

宇之助が耳元でささやいた。

「先日おれがたまやへ行った辺りから、また具合が悪くなってきているんじゃないのか」

すずは力を振りしぼってうなずいた。

「おなつさん、駕籠を呼んできてくれ」

宇之助が声を張り上げる。

「すずを、たまやへ運ぶ」

おなつは「でも」と不安そうに返す。

「まっすぐお医者のところへ連れていったほうがいいんじゃありませんか」

宇之助は首を横に振った。

「自宅で寝かせたほうがいい。先日、医者の緒方のもとで処置法を聞いたから、一時しのぎの手当てなら、おれができる」

「わかりました」

おなつが駕籠を呼びに走り、おせんはきよに報せるため、ひと足先にたまやへ向かった。

みふゆとおたみは、すずを案じながらも宇之助に促されて帰っていく。

「すみません、ご迷惑をおかけして……」

「いいから黙って休んでいろ」

宇之助に、ぽんと背中を叩かれる。そのとたん、不安が口を衝いて出た。

「あたしの体は、やっぱり治らないんでしょうか……」

悔しくて、悲しくて、怖くて、目に涙がにじんできた。

「原因はわかっている」

「え……？」

目を開けると、宇之助はすずの頭上を険しい表情で睨みつけていた。

第三話　がらん堂

駕籠《かご》に乗せられ、たまやへ帰ったすずは、すぐさま二階の自室で寝かされた。

体に力が入らないだけでなく、また頭痛もぶり返している。肩や背中が凝って、息苦しくなっていた。

すずを二階まで運んでくれた宇之助は枕元に座り、布団を間に挟んで、きよと向かい合っている。

「一度ならず二度までも、すずをお助けいただきまして、本当にありがとうございました」

すずは首を巡らして、きよを見た。畳に額をすりつけるようにして深く頭を下げている。

「頭を上げてください」

宇之助の言葉に、きよは身を起こした。今にも泣き出しそうな顔で、すずを見下ろす。

「やっと元気になったと思ったんですけどねえ」

きよが不安げな声を出した。

「もう少し休ませたら、緒方先生のところに連れていってみます。こんなことが続くなら、あたしも一時しのぎの手当てってやつを習っとかなきゃいけないし」

おせんから聞いた話を、きよは信じ込んでいるようだ。

宇之助が居住まいを正して、きよを見た。

「実は、おれが一時しのぎの手当てを習ったというのは嘘《うそ》です。おせんさんたちに騒がれないようにする方便でした」

きよは「えっ」と目を見開いて、宇之助を見つめ返す。

「あの日、緒方先生は何の治療もしませんでした。すずの体調不良は、根本から治っていたわけではないのです」

きよは呆然《ぼうぜん》と、すずを見下ろした。

「おっかさん、ごめんなさい」

すずは布団に手をついて、何とか身を起こした。

「隠すつもりじゃなかったんだけど……緒方先生にも、原因は不明だと言われたの」

「そんな……」

きよは小さく頭を振る。

「だけど、このところ調子がよかったじゃないか」

「それは宇之助さんの不思議な力のおかげなのよ」

きよは怪訝《けげん》な顔で宇之助に目を戻した。

「不思議な——力？」

宇之助はうなずく。

「占い以外に、加持祈禱《かじきとう》や退魔も行っているのです」

きよは首をかしげた。

「陰陽師《おんみようじ》や修験者《しゆげんしや》みたいな法力《ほうりき》があるってことですか？」

「まあ、そのようなものです」

宇之助は微苦笑を浮かべた。

「きよさんにも見ておいていただいたほうがいいかと思って、先ほどはすぐに手当てをしませんでした。おせんさんたちに騒がれると、氣《き》も乱れますしね」

宇之助は、すずに目を移す。

「横になっていろ。今から神氣を送る」

すずはうなずいて、仰向《あおむ》けになった。宇之助がすずの上に右手をかざす。その手に、きよが顔を近づけた。

「神氣って……宇之助さんの気力を、すずに送ってくれるってことじゃないんですか」

宇之助はいったん手を下げて、首を横に振る。

「おれを通して、万物の力を注ぎ込むのです」

きよは天井を仰ぎ、続いて畳に目を落とした。

「始めます」

宇之助が再び右手をすずにかざした。すずの額のすぐ前に、宇之助の手の平が寄せられる。前回と同様に、温かい何かがじんわりと流れ込んできた。それは、あっという間に全身に広がっていく。

すずは目を閉じた。ぽかぽかする心地よさに、このまま眠ってしまいそうだ。

しばし時が過ぎた。

「どうだ、楽になったか」

目を開けると、頭痛は完全に消えていた。体がすっきりしている。すずは起き上がって、ぐるぐると両腕を回してみた。

「肩や背中の凝りもなくなっています」

きよが信じられないものを見るような目で、すずの顔を覗《のぞ》き込んでくる。

「本当に大丈夫なのかい？　さっきよりずいぶん顔色がよくなっているけど――」

すずはうなずいて、きよに笑いかけた。

「とっても気分がよくなったわ」

きよは思案顔になって、こめかみに人差し指を当てた。

「ええと、確か『養生訓《ようじょうくん》』に、陰陽の気とか気脈なんてことが書いてあったっけ。宇之助さんは、それを整えてくれたってことなのかい。鍼《はり》治療みたいに、つぼを突いたりはしていなかったけど――」

宇之助が微笑《ほほえ》んだ。

「きよさんは、すずを治すために、さまざまな書物を読んだのですね？」

「あたしは学がないから、さまざまな書物なんて読めませんでしたよ」

きよは悔しそうに頭を振った。

「近所のご隠居に教えてもらいながら、すずに関わりのありそうなところを探しただけで、けっきょく何の役にも立たなかった」

「いいえ、おっかさん」

すずはきよの腕をつかんだ。

「おっかさんは、あたしのために手をつくしてくれたわ。最福神社でお百度を踏んでくれたことだってあったでしょう」

きよは目を見開く。

「おまえ――気づいてたのかい」

すずはうなずく。

「こんな体になってしまって、ごめんね。宇之助さんにしてもらった手当てのことも、何て説明したらいいのかわからなくて、言えなかったの」

「まあ、そりゃあねえ……」

きよは宇之助とすずを交互に見やった。

「確かに、口で言われるより、見たほうがわかりやすかったねえ」

宇之助が顎《あご》に手を当て小さく唸《うな》る。

「お百度か……なるほど……おれとすずが出会ったのは、今生明神の導きだったのかもしれないな。おれであれば、すずの体調不良を何とかできると見込まれたんだろう」

宇之助は目を細めて、すずを見た。

「おまえは龍に憑《つ》かれて、生気を吸われているんだ。だから体がつらくなってしまう」

すずは思わず息を呑《の》んだ。神氣というもののすごさは身をもって感じたが、龍に憑かれたと言われても、にわかには信じがたい。

けれど目を見れば、宇之助が嘘をついていないとわかる。

きよが真偽を目で問うてきた。すずはうなずく。きよは口に手を当て、押し黙った。

「龍って――」

しばらくして、きよが口を開いた。

「憑くってことは、龍神さまではないんですよね？」

「違います」

宇之助は即答する。

「すずに憑いているのは、神社などで祀《まつ》られていない、いわば野獣です。狐《きつね》にも、稲荷《いなり》神の使役として存在する狐と、人に憑いて悪さをする野狐がいるでしょう」

「狐憑き……」

きよの呟《つぶや》きに、宇之助がうなずいた。

狐に対する信仰は古くからあり、神の使いと見なして崇《あが》め、卜占《ぼくせん》などが行われていた。その一方で、人に憑《よ》りつき悪さをする狐の霊もおり、祈禱師などが祓《はら》い落としていたのである。

「狐と違って、龍は非常に数が少ないため、めったに遭遇しません。こんなに間近で視《み》たのは、おれも初めてです。我が目を疑いましたよ。蛇かと思って、何度も凝視しました」

きよは我が身を抱きしめるように、両手で両腕をつかんだ。

「いったい、どうして、すずに、そんなものが憑いてしまったんでしょうか」

きよは、すずの頭上を見やる。

「この子は神社門前で育った子ですよ。祠《ほこら》にいたずらをするとか、お供え物に手を出すなんてことは絶対にしません。いったい何の罰を受けて、龍に憑かれるはめになってしまったんでしょう」

宇之助はいまいましげに口元をゆがめた。

「単に、餌として気に入られてしまったんです。すずの純粋な魂から溢《あふ》れ出る生気はたいそう美味《うま》いので、絶対に手放さないと、龍は言っています」

「そんな……」

きよはすずの頭上を見つめたまま、布団の上に手をついた。

「龍の生餌《いきえ》だなんて――」

すずも頭上を振り仰ぐが、むろん何も見えない。そこに何かがいる気配など、微塵《みじん》も感じなかった。

「体調が悪くなったのは一年以上前と言っていたが、どこか水辺へ行っただろう」

すずの頭の中に、おなつと行った大川の桜並木が浮かぶ。

「おそらく、そこで憑かれたんだ。龍は本来酒好きだが、この龍は少しばかり変わり種で、甘酒が好物らしい」

大川の桜並木でも甘酒を飲んだと言うと、宇之助は瞑目《めいもく》した。

「それだ。間違いない。純粋な魂と甘酒のにおいが絡み合って、ふらふらと引き寄せられてきたのが始まりだ」

きよが胸の前で手を握り合わせる。

「うちは甘酒を売っているから、龍にとってはなおさら居心地がいいんでしょうか」

「おそらく」

「じゃあ甘酒をやめたら、すずから離れますか?」

宇之助は首を横に振った。

「龍が最も執着しているのは、すずの純粋な魂から溢れ出る生気です。龍にとって甘酒は、たまたま得られた幸運なのです」

宇之助は厳しい目をすずの頭上に向ける。

「だが、一度吸ってしまった旨味だ。両方そろわなくなれば、怒り狂って、すずをますます苦しめるでしょう」

「そんな……」

布団の上に置かれたきよの手が震え出す。

「純粋な魂も、甘酒も、他にたくさんあるでしょうに」

宇之助は考え込むように、宙をななめに見やった。

「龍の好みに、ぴたりと当てはまってしまったんでしょうね」

宇之助は改めて、すずとの出会いをきよに語った。

すずも具合が悪いのに、道端に座り込んでいた宇之助を放っておけず、声をかけたこと。甘酒を買ってきてくれと頼んだ時には、何の疑いもなく宇之助に財布を預け、戻って返した時も中身を確かめもせず巾着《きんちゃく》にしまったこと。

そして、嘘と真《まこと》を見抜く勘のよさ――。

宇之助が占いをする時は、客の言動などをよく観察して、客が何を心底から相談したいのか見抜くのだという。鑑定中に、自分の悩みが本当は別にあったのだと気づき、占って欲しい内容が変わっていくことは珍しくないのだそうだ。

だが、すずの場合は直感によって瞬時に判断している――ひょっとしたら、それは最福神社から漂っている清らかな氣の中で育ったために身についた力なのかもしれないと、宇之助は語った。

神の加護を受けているからこそ、無垢《むく》でありながらも悪人に騙《だま》されずに、ここまで育ってこられたのではないか――。

「とにかく龍は、すずと、たまやの甘酒を、この上なく気に入ってしまったんです」

きよは額に手を当て瞑目する。

「まるで娘がやくざ者に目をつけられてしまったような気分ですよ」

宇之助は「おっしゃる通りだ」とうなずいた。

きよは宇之助に向かって身を乗り出す。

「龍を祓うには、どうしたらいいんでしょう。最福神社でお祓いをしてもらえばいいですか？　それとも修験者？　陰陽師？」

宇之助はじっと、きよの目を見つめた。

「生半可な術者では、龍に負けてしまいますよ」

すずの喉が、ぐっとしまった。息ができなくなる。

「苦し――っ」

何かが絡みついているようで、首に手を当てるが、触れるものは何もない。息を吸おうともがくが、上手く吸えない。

「やめろ！」

宇之助の怒声が鋭く響いた。

すずの真隣に来た宇之助が、右手で自分の顔の前を鋭く払うような仕草をする。

そのとたん、ふっと息が楽になった。首のしめつけも消えている。

すずは何度も大きく息を吸った。

「吸うよりも、吐くほうに意識を集めろ。とにかく吐き切るんだ」

宇之助の言う通りにすると、呼吸が楽になった。

「今のは……？」

宇之助を見ると、額から汗が流れていた。

「祓う話をしたから、龍が怒ったんだ。すずから離されまいと、がっちり首に絡みついていた」

宇之助は手の甲で汗を拭うと、きよに向き直った。きよは拝むように、胸の前で両手を合わせている。

「このままじゃ、龍に生気を吸いつくされて、すずが死んでしまうんですか……？」

宇之助は首を横に振った。

「龍は、すずを殺したりはしません。むしろ寿命がつきるまで、何があっても生かしておくでしょう。生気を吸い続けるために」

きよは唇をわななかせた。

「じゃあ、すずは、また寝たり起きたりになるんですか」

宇之助は目を伏せる。

「本来すずは丈夫な体で、長生きをするはずなんです。龍もそれをわかっているから、よい餌を見つけたと喜んで、遠慮なく生気を吸い続けている。龍がすずを手放す時は、餌として役立たなくなった時――」

すずは再び首に手を当てた。

「つまり、あたしが死ぬ時ってことですか……」

「そんな！」

きよが大声を上げた。

「どうしたらいいんだい⁉　気に入られちまったから苦しめられるだなんて、冗談じゃないよ！」

きよは激しく頭を振ったのちに、這《は》いつくばるようにして宇之助を見た。

「宇之助さん、あんたなら、どうにかできるんじゃないのかい⁉　以前、店に来た一見《いちげん》客《きゃく》が話してたよ。ご公儀お抱えの、すごい術者がいるって——それは、あんたのことじゃないのかい⁉」

宇之助は眉間《みけん》にしわを寄せて、膝の上で拳を握り固めた。

「龍を祓うことは——できると思います」

苦しげな宇之助の声が部屋に響く。

「龍の他に不調の原因がなければ、おそらく、すずの体をもとに戻せるでしょう」

きよの目が、ぱっと輝いた。

「本当かい？　それじゃ——」

「ただし、すんなり上手くはいかない場合もあります」

きよをさえぎって、宇之助は続ける。

「霊能は万能じゃない。龍を祓っても、先祖の因縁や、死霊または生霊が絡んでいる場合は、また別の処置が必要になってくるかと思います」

死霊または生霊——。

行方知れずとなった父の顔が、すずの頭に浮かんだ。きよを見ると、やはり複雑そうな表情をしている。

「二人とも、何か思うところがあるようだな」

すずはきよと顔を見合わせて、唇を引き結んだ。

「まあ、今は話さなくていい。深い事情を聞いても、じっくり視《み》られないんでね」

宇之助は大きく息をついて、きよに向き直った。

「江戸中どこを探しても、龍と対峙《たいじ》できる者はそうそういないでしょう。とはいえ、おれはしばらくの間、退魔の類《たぐい》から離れていたので、龍と対峙するとなれば、鍛錬し直して、勘を取り戻さねばなりません。狐や蛇を祓うのとは、わけが違いますので」

きよがおずおずと宇之助の顔を覗き込む。

「じゃあ、準備が整えば、引き受けていただけるんですね？」

宇之助は瞑目する。

「十日後――いや、もしかしたら、もう少し――命懸けの戦いになると思うので、準備にも時をかけたい」

きよが息を呑んだ。

「命懸け――」

宇之助は静かに目を開ける。

「それだけの相手なんですよ」

きよは居住まいを正してうつむいた。

「それで……お代は、いかほどになりますでしょうか」

宇之助は思案顔になる。

「そうだな、一両でどうでしょう。それと、おれがここへ来た時の甘味代はすべて無料《ただ》にしてもらいます」

きよは宇之助の顔を見ながら小さく頭を振った。

「それなら何とかなりますけど——でも、それじゃ、命を懸けるには安すぎやしませんか」

宇之助は片笑む。

「どうせ、あの世へ金は持っていけないんだ。おれの気が変わらないうちに、さっさと決めてくれ」

きよは両手で口を覆った。

「ありがとうございます。どうか、すずを助けてやってください。でもどうして、すずのために、そこまでしてくださるんですか」

宇之助は穏やかな表情で目を細める。

「妻の喜ぶ顔が見たいだけさ」

照れくささを振り払うように、宇之助は立ち上がった。

「世の中には、知らぬほうがよいこともある。龍が憑いていることは、おせんさんたちにも言わないほうがいいな」

準備が整い次第報《しら》せるので待っていてくれと言い置いて、宇之助は部屋を出る。

「ああ、そうだ」

宇之助が開いた襖《ふすま》の向こうで振り向いた。

「また苦しくなったら神氣を送ってやるから、いつでも報せろ」

きよが両手を合わせて宇之助を見上げる。

「いいんですか？」

宇之助はうなずいた。

「龍と戦うためにも、すずの様子を知っておかなきゃならないんでね。念のため、今日は店に出さずに、ここで様子を見ておいてください」

きよが頭を下げ終わる前に、宇之助は階段を下りていった。きよが慌ててあとを追う。

すずは布団の上に座ったまま、階下から聞こえてくる見送りの声をぼんやりと聞いていた。

翌日は朝から体調がよかった。

昼飯時の客が引けた頃にやってきたおなつとおせんは、すずが店に出ている姿を見て表情をゆるめた。

「よかった、今日は顔色がよさそうね」

「やっぱり宇之助さんの手当てが効いたのかねえ」

すずは黙って微笑むに留めた。嘘をついているようで申し訳ないが、本当のことを言うわけにもいかない。

「だけど無理はいけないよ。少しでもおかしいと感じたら、すぐに休むんだよ」

「はい、ありがとうございます」

おせんは調理場のほうへ足を向けた。

「みふゆさんも心配しているだろうから、あたしのほうから大丈夫だって伝えておくよ」

「ああ、お願いするよ」

きよが手拭いで手を拭きながら調理場から出てくる。

「おなつちゃんも、いろいろありがとうね」

「いえ」

おせんとおなつは長床几《ながしょうぎ》に腰を下ろすと、団子と茶を注文した。

熱い煎茶《せんちゃ》を淹《い》れて、団子とともに運んでいく。おせんは、とろりとした甘じょっぱい醬《しょう》油《ゆ》だれのかかった、みたらし団子。おなつは、なめらかで甘さ控えめのこし餡《あん》団子だ。

「いただきます！」

長床几の上に置くと、二人ともすぐ団子に手を伸ばした。ひと口かじって、うっとりしたように目を閉じる。

「だけど宇之助さんは、たいしたもんだよ。すずちゃんを手当てで救って、みふゆさんを占いで救ってさ」

おせんが汲出茶碗《くみだし》を手にして。ほうっと息をつく。

「あたしんとこに相談を持ちかけてくる人たちにも、宇之助さんの占いを薦めたいけど──高いんだよねえ」

おなつも汲出茶碗を手にして、肩をすくめる。

「仕方ありませんよ。安売りはしないって、宇之助さんも言ってたじゃありませんか」

おせんは茶を飲んで、肩を落とした。

「こんなふうに、お茶でも飲みながら、気軽に占ってもらえるような占い師じゃないんだよねえ」

おなつが「ふむ」と、店の中を見回した。

「もし宇之助さんが、たまやで占ってくれるとしたら──若い娘が列を成すかもしれませんねえ。よく当たるし、おまけに色男だし」

おせんの目が、きらんと光った。

「だよねえ。ちょいと役者みたいな風情だよねえ。若い女は客にいないって言ってたけど、恋占いでもさせたら、あれは人気が出るよ。宇之助さん目当てに来る女客で、たまやは溢れ返っちまったりしてさぁ」

おせんは長床几の上に茶碗を戻すと、算盤《そろばん》を弾《はじ》いているような顔で頬に手を当てた。

「ああ、宇之助さんにここで占ってもらうことはできないかねえ」

「できませんね」

戸口から聞こえた男の声に、おせんはびくりと身をすくめる。

すずが振り返ると、戸口に宇之助が立っていた。

宇之助はまっすぐに、すずのもとへ向かってくる。

「あれから具合はどうだ？」

すずは一礼した。

「おかげさまで、とてもいいです。頭痛も目まいも、いっさいありません」

宇之助は鷹揚《おうよう》にうなずいて、すずの頭上を凝視した。

「うん――確かに、今は大丈夫のようだ」

宇之助は安堵《あんど》したように小さく息をついて、おせんの向かいの長床几に腰を下ろした。

おせんが身を乗り出す。

「無理ですよ」

おせんが口を開く前に、宇之助が断言した。

「おれとたまやじゃ、客筋が違い過ぎる」

おせんはすねたように唇を尖《とが》らせた。

「だけどさぁ、口伝えでしか客を取らなかった一条宇之助がここで占うとなれば、どっと大勢が押しかけてくるんじゃないかねえ。どんなに高くたって、宇之助さんに占ってもらいたいと思う人はけっこういるんじゃないかねえ」

宇之助は首を横に振る。

「おれ目当ての客は、たまやに来ない」

「先見かい？」

宇之助は浅く笑った。

「馬鹿でもわかりますよ」

おせんは、むっと眉根を寄せる。

「やってみなくちゃわからないじゃないか」

宇之助は目を細める。

「わかります。おれの客は、絶対ここへは来ない」

おせんは立ち上がると、どんと宇之助の隣に腰を下ろした。

「試しに、一日だけやってみないかい？」

宇之助はこれ見よがしに、大きなため息をついた。

おせんが挑むような目で、宇之助の顔を覗き込む。

「たまやの甘味、一日食べ放題はどうだい。あたしが何でもおごってやるよ」

甘党の宇之助なら乗ってくると思っているのだろう、自信ありげな顔つきだ。

だが宇之助は食いつかず、涼しい顔をしている。

「すずを助けた礼にということで、すでにきよさんと話がついています」

おせんは恨みがましい目を調理場へ向けた。きよは黙って肩をすくめる。

「じゃあ、昼飯の食べ放題はどうだい。ここの蕎麦《そば》はとっても美味《おい》しいんだよ。握り飯でも田楽《でんがく》でも、何でも注文していいよ」

「そこまで大食いでもないんですがね」

と言いながら、宇之助はすんすんと鼻を鳴らした。店内に漂っている、昼飯時に客たちが食べた蕎麦のつゆの残り香を嗅いでいるようだ。

「まあ、おせんさんにあきらめをつけさせるために、一日ぐらいならやってみてもいい」

おせんは破顔して手を叩いた。

「ありがとよ！　絶対に客を呼んでみせるから！」

おせんはきよに向かって、たまやの一角に一条宇之助の占い処《どころ》を開くと言い切った。きよは「やれやれ」という顔でうなずく。

「あたしは今から町内を回って、宇之助さんの占いをみんな勧めてくるよ」

おせんは勢いよく立ち上がると、おなつも友人知人に広めてくるよう促した。

二人はそそくさと店を出ていく。

宇之助は澄ました顔で茶を飲んでいた。


そして翌日の昼飯時――。

がやがやと賑《にぎ》わう店内の片隅に、宇之助は一人ぽつんと座っていた。さっき運んでいった盛り蕎麦は、もうすっかり食べ終わっている。

すずは宇之助のもとへ汁粉《しるこ》を運んでいった。

「食後の甘味はいかがですか？」

退屈そうにしていた宇之助の顔が、ぱっとほころぶ。

「もらおう」

さっそく箸をつけて、汁粉の中に入っている切り餅《もち》を頬張った。幸せそうに目を細めて、小豆《あずき》餡を水で伸ばした汁を飲む。

「ちょうどいい甘さだ。さっきの蕎麦も、こしがあって美味かった」

「ありがとうございます」

宇之助は汁粉の椀《わん》を長床几に置いて、店内を眺めた。

「いつも、こんな感じなのか？」

すずは首をかしげて、宇之助の視線を追った。

印半纏《しるしばんてん》をまとった男たちが、勢いよく蕎麦をすすりながら話し込んでいる。

「だから、おれは言ってやったのよ。『若旦那、人がよ過ぎるのも考えもんだ』ってな」

「おう、何でもかんでも客の言うことを聞き入れてちゃ、商売にならねえからなあ」

男たちは蕎麦を食べ終えると、せかせかとした足取りで店を出ていった。

宇之助の視線が別の客に移る。

二人の若い女が食後の茶を飲みながら、深刻そうに話し込んでいた。

「そろそろ、はっきりさせたほうがいいんじゃないの。何を考えているかわからない男に尽くしたって、報われないわよ」

「自分でも、わかっているんだけどねえ。いざとなると、怖気《おじけ》づいちゃってさ」

あの女客たちであれば、占いに興味を示すのではないだろうかと思って宇之助を見れば、眉間に深いしわを寄せて瞑目していた。じっと何かを考え込んでいるようだ。

「すずちゃん、占いのお客は来たかい？」

いったん自宅へ戻っていたおせんが再びやってきた。

期待と不安が入り混じったような眼差しで見つめてくるおせんに向かって、すずは首を横に振る。おせんは、がっくりと肩を落とした。

「朝から一人も？」

「来ませんね」

すずの言葉に、おせんは深いため息をついた。

「こんな物を作ってきたんだけど、駄目かねえ」

おせんは手にしていた紙を広げた。「一条宇之助の占い処」と書いてある。

「軒下にでも貼らせてもらおうと思ったんだけどさ」

おせんは戸口に向けて紙を掲げた。

長床几で茶を飲んでいた若い女客二人が、おせんの手にしている紙に顔を向けて、まじまじと見つめる。

「ちょっと、一条宇之助の占い処ですって」

「一条宇之助って、あの一条宇之助?」

おせんの目が輝いた。女客二人のほうへ、ぐいと勢いよく紙を向ける。

と同時に、女客二人は顔をそむけた。

「どうせ偽物よ。本物の一条宇之助が、こんなところで占うわけないじゃない」

「そうよねえ。本物の一条宇之助は、商家の旦那衆《だんなしゅう》や、お役人たちとしかつき合わないって聞いたわよ。よく当たるけど、ものすごく高いらしいじゃない」

恋占いであれば、広小路の辻占《つじうら》へ行こうか。いや、それよりも上野にいる占い師がいいらしい——などと話しながら、女客二人は長床几の上に茶屋代を置いて、店を出ていった。

「とりあえず、貼り紙をしてみましょうか」

すずの言葉に、おせんは弱々しくうなずいた。

「おなつちゃんも宣伝してくれているはずだし、貼り紙を見て中に入ってくる人がいるかもしれないもんねえ」

おせんは気を取り直したように背筋を伸ばして外へ出た。

たまやの軒下に「一条宇之助の占い処」という紙が貼られる。

けれど、昼飯時を過ぎて夕方になり、店を閉める時分になっても、占いを受ける客は一人も現れなかった。貼り紙を見て興味を示す者がいても、占いの代金を聞くとすぐに帰ってしまうのだ。

宇之助は店の奥の長床几に座りっ放しで、甘味と茶のお代わりをしながら一日を終えた。

すずが暖簾《のれん》を取り込んで店内に戻ると、おせんはぐったりと疲れ果てた顔で長床几に突っ伏していた。貼り紙をしたあと、おせんは店の前に立って呼び込みをしたりと、占いの客を集めるために奮闘していたのだ。

「何で誰も来なかったんだろう……」

落胆しきったおせんの声が悲しく店内に響いた。

宇之助は大きく伸びをする。

「だから言ったでしょう。おれの客は絶対ここへ来ないって」

おせんは顔を伏せたまま、納得できぬと言いたげに頭を振った。

「まだわからないよ。あたしの宣伝が足りなかったのかもしれない」

あともう一日だけ試してみておくれと、おせんは懇願した。

宇之助は呆《あき》れ笑いを浮かべる。

「どれだけ試しても無駄ですがねえ」

けれど宇之助はおせんの頼みを聞き入れて、翌日もたまやへ出向いてきた。

朝から団子を食べ、昼食に盛り蕎麦とこんにゃく田楽を食べて、食後に汁粉を味わい、おやつにまた団子を頬張る——食べること以外には何もすることがなかった。

そうして二日目も幕を閉じる。

「やっぱり駄目かい……」

おせんは、がっくりと肩を落とした。宇之助がまじまじとおせんを見る。

「いったいどうして、そんなに、おれをここで占わせたいんですか」

おせんは宇之助を見つめ返した。

「だって、いいものはみんなに広めたいじゃないか」

おせんは弱々しい足取りで戸口へ向かった。日が暮れて、すっかり暗くなった中「一条宇之助の占い処」と書かれた紙をはがして戻ってくる。

おせんは宇之助の向かいに腰を下ろすと、手にした紙を見つめてため息をついた。

「宇之助さんの占いを必要としている者は、世の中に大勢いると思ったんだけどねえ」

宇之助の顔が強張《こわば》った。すずは首をかしげて宇之助の目を見る。

「どうしました？」

「いや、べつに……」

と言いながら、宇之助は視線をさまよわせる。すずは宇之助の目を見つめ続けた。

宇之助は右手で左手首をぎゅっとつかんだ。

「……以前、死んだ妻に、同じことを言われたんだ」

宇之助は両手を組み合わせて、大きく息をつく。

「あなたの占いを必要としている人は世の中に大勢いるんだから、もっと町の人たちに寄り添った形にしてみたらどうかしら――ってな。ちょうど妻の知り合いが困り事を抱えていて、助けてやってくれと頼まれた」

それは裏長屋に住んでいる女だった。大工の亭主が屋根の修理中に落ちて怪我を負い、暮らしに困っているというのだ。

だが宇之助は即座に断った。庶民相手の占いなど、一条宇之助の仕事ではないと言い放ったのだという。

「おれの親父は場末の占い師だった。腕は悪くなかったが、困っている者がいれば商売そっちのけで助けようとする」

騙されて借金を負い、食うに困った者。火事で家を失い、路頭に迷った者。わずかに残った銭を握りしめて、さまざまな者たちが父のもとへやってきた。

人生のどん底に差す、ひと筋の光を求めて――。

「だが、占いは万能じゃない」

父の占いで明るい未来が指し示されたとしても、その日からいきなり暮らしが楽になるわけではない。

「親父は客に『あきらめるな』と言い続けて、うちにある食べ物や銭をみんなやっちまうんだ。だから、うちはいつも苦しかった。親父が占えば占うほど、貧乏になっていく気がしたよ」

占いのおかげで助かったと、何年も経《た》ってから謝礼を持ってくる者もいた。金を払えないから、せめてものお礼だと、畑で採れた青物を持ってくる者もいた。

けれど父は、それもすべて困っている客にやってしまう。

――あきらめるな。占いでどんなにいい結果が出たとしても、おまえが踏ん張って、やり切らなければ、望む未来はないんだぞ――。

そう言って客たちを励まし、年越しの金もすべて与えてしまうのだ。

「ふざけるなと思ったよ。他人のために持っている物をすべて差し出して、おれとお袋には我慢を強いる」

母親は女中の仕事をかけ持ちしたり、寝る間を惜しんで内職をしたりしていたが、金の工面は間に合わない。親子三人が食い繋《つな》ぐため、母親が汗水垂らして稼いだ金も、父は次々と困っている客たちに回してしまっていた。

父に助けを求めてくる者たちは、もはや客ではないと、宇之助は思うようになった。父を利用して楽をする、なまけ者だ。

「だが、一番悪いのは親父さ。占いで客を励ましているようで、自分の足で立って歩かせることをしない」

そして客にすがられて、自分は占い師として人の役に立っているのだと喜んでいる。

「親父の人助けは、偽善だったのさ」

宇之助は吐き捨てるように言った。

「だから、おれは言ってやったんだ。『おまえは屑《くず》だ』ってな」

年頃になった宇之助は、父がどうにも許せなくなった。

占いで人を救いたいと常々言っている者が、占いで家族を苦しめていいのかと激しく憤り、父を責めたのだ。父は宇之助の言い分に深くうなずいていたが、何も変わらなかった。

宇之助は見世物小屋で客引きの仕事をしたりして母を助けるようになっていたが、丸一日立ち通しで稼いだ自分の金も、やはりいつの間にか父の客に回されてしまっていた。

「もう我慢ならないと思って、家を出たんだ」

十五の時だった。

占い師の子として産まれた宇之助は、幼い頃から占いの技を身につけていた。かなり早くから才能を開花させていたので、自分一人ならすぐにでも食べていける自信があった。

「親父とだけは絶対一緒にやりたくなかったんで、生業《なりわい》としての占いは、家を出てからなんだ」

評判が評判を呼んで、すぐに稼げるようになったという。一時は占い処の前に長蛇の列ができた。

「だが、おれは口伝えで来た客しか取らないと決めていた」

父親と同じ道にいても、父親と同じやり方は絶対にしないと固く心に誓ったのだ。

「そのうちに、おれの才を認めてくれた客が、大きな仕事をくれるようになった」

それが、ご公儀お抱えの仕事なのかと、すずは思った。

「貧乏暮らしを続けていた親父が風邪をこじらせて死んだと聞いた時は、やっとお袋が楽になれると思った。楽にしてやらなきゃと思って、おれが引き取ったんだ」

息を引き取るその瞬間まで、いい暮らしをさせてやることができたと、宇之助は穏やかに語った。

「労に見合った報酬を受け取るのは当然のことだと、おれは思っている。だが――」

たまやで宇之助に占ってもらいたいという、おせんの言葉を耳にした時、宇之助は亡き妻の顔を思い出していた。庶民相手の占いなどしないと断言した時の、妻の悲しそうな顔を――。

　昨日、今日と、宇之助はたまやの客たちの姿を見ながら、亡き妻の言葉を反芻《はんすう》していたのだと言って目を伏せた。

「もし庶民を相手に占ったら、いったいどうなるんだろうかと考えていた」

　おせんが遠慮がちに口を開く。

「それを占うことはしなかったのかい？　占い師は、自分のことを占えないのかい」

　宇之助は微苦笑を浮かべる。

「それは自分の意思で決めることとさ」

　宇之助は店内を眺め回した。

「ここには、これまでおれが関わってこなかった者たちが大勢来るんだな」

　独り言《ご》つように、宇之助は続けた。

「占いで、どこまで人を幸せにできるのか――これまでと違う景色を見ることで、その答えがわかるだろうか」

　宇之助は瞑目して、迷いを振り切るように小さく頭を振った。そして目を開けると、すっきりしたような顔で、おせんを見る。

「だから、ここでやってみようかと思う」

　おせんが口を両手で覆った。

「本当かい⁉　だけど、客筋が違い過ぎて――」

宇之助はうなずいて、おせんが長床几に置いた紙を見た。

「一条宇之助の占い処では、無理だな」

宇之助は顎に手を当て、宙を仰ぐ。

「がらん堂は、どうだろう」

おせんが目を瞬《またた》かせる。

「何だい、そりゃ」

宇之助は笑った。

「おれだよ。たまやで占う時の屋号だ。代金は、辻占と同じくらいでいい」

宇之助は調理場のほうへ体を向けた。

「きよさん、どうだろう。占いをする客には、たまやで何か一品は必ず頼んでもらうことにする。それが占い処の場所代だ。占いの代金は、おれの懐に入れる」

調理場から出てきたきよが大きくうなずく。

「うちは構わないよ」

おせんは目を輝かせて立ち上がった。

「がらん堂――決まりだ！」

おせんは満面の笑みを浮かべて、長床几の上の紙を握りしめる。

「新しい紙に『占い処がらん堂』って書いてくるよ！　さっそく町のみんなにも広めなきゃ。今から隣近所に伝えてくる！」

「今からかい⁉」と、きよが目をむく。おせんは笑いながらうなずいた。

「今晩のうちに言っとけば、明日の朝に棒手振から物を買った時、宣伝を頼んでおいてもらえるだろう」

よろしく頼むよと宇之助の背中を叩いて、おせんはまるで一陣の風のように去っていった。

すずは宇之助の前に立って、じっと目を見る。宇之助はしっかりと見つめ返してきた。

「これで、やっと、みふゆに顔向けができる気がする」

宇之助は拳を握り固めて立ち上がった。

「やると決めたからには、力をつくすさ」

かつて拒んだ道へ、宇之助は今、足を踏み出そうとしている。

たまやでの占いが、宇之助に何をもたらすのかはわからない。

けれど最福神社門前で「がらんどう」を名乗るのだから、宇之助の心が幸福で満たされるようになればよいと、すずは思った。

翌朝たまやに現れた宇之助はいつもと違う身なりだった。後ろで一本に束ねた髪型は同じだが、いかにも安っぽい色あせた茶弁慶の着物をまとっている。

「どうしたんですか、それ」

着物をまじまじと見れば、宇之助は得意げに胸を張った。

「がらん堂としての衣装だ」

柳原土手で古着屋を営んでいる者の長屋を訪ね、早朝から叩き起こして買ってきたのだという。

「どうだ、おったまげたか。町のみんなが取っつきやすいようにしなくちゃ、悩み事を打ち明けてもらえねえだろうがよ」

江戸弁丸出しだ。

すずは首をかしげながら宇之助を見上げた。

「先日の占いでも話し方を変えていましたし――ひょっとして、お芝居が好きなんですか?」

「実は子供の頃、舞台に上がったことがあるんだ。場末の三文芝居だったがな」

すずは目を丸くした。

「親父の客に、売れない役者がいてよ。きちんと金を払うやつだったから、おれも多少はつき合っていたが――」

「おはよう!」

おせんが戸口で声を張り上げた。「占い処がらん堂」と書かれた紙を掲げている。

「これ、表に貼っとくよ」

宇之助はうなずいて、店の奥へ向かった。


間もなく、おなつが友人を連れてやってきた。

「がらん堂さんに、おそのちゃんを占ってもらいたいの」

おなつの家の近所にある長屋に住んでいて、おなつとは手習い所が一緒だった娘だ。すずも顔と名前は知っている。確か、ふたつ年下で、お針の内職をしていたはずだ。

おなつの後ろに隠れるようにして立っていたおそのが頭を下げる。

「よ、よろしくお願いいたします」

声が震えて、緊張しきっている様子だ。きっと初めての占いなのだろう。

すずは、おそのに笑いかけた。

「占いを受けるお客さんにも、何か一品注文していただくことになっているんですが、よろしいですか?」

おそのは少し迷ったのち、こし餡団子と甘酒を注文した。おなつも甘酒を注文する。

すずは店の奥へと、おそのを促した。

宇之助は壁を背にして一人がけの床几に座っている。文机《ふづくえ》代わりにした長床几を挟んで、向かい側に一人がけの床几がふたつ——客は店の出入口に背を向けて座るようになっている。

宇之助は人懐っこい笑みを浮かべて、おそのの顔を覗《のぞ》き込んだ。

「おれは、がらん堂ってんだ。おそのちゃん、よろしくな」

おそのは硬い表情で頭を下げる。

その隣では、おなつが目を丸くしていた。「一条宇之助」と「がらん堂」の違いに少々戸惑っているようだ。

「まあ、座んな。おそのちゃん、占いは初めてかい」

「は、はい——あの——」

おそのは怖々とした顔で宇之助を見た。

「おなつさんにも一緒にいてもらいたいんですけど……」

「もちろん構わねえよ」

おなつはおそのの背中に手を当てて、左側の床几へ促した。おそのが腰を下ろすと、自分は右側の床几に座る。

すずが団子と甘酒を運んでいくと、おなつがさっそく手を出した。温かい甘酒を飲んで、ほうっと息をつく。

「おそのちゃんも、飲みな」

　宇之助に促され、おそのも甘酒に口をつけた。こくんと飲み込んだおそのの頬がゆるんでいく。

「美味しい……」

　宇之助が、すずに顔を向ける。

「甘酒は一夜あればでき上がるから、一夜酒とも呼ばれているんだったよな」

「はい、そうです」

　もち米を蒸して乾燥させた「道明寺《どうみょうじ》」を湯で洗い、笊《ざる》に上げておく。米麹《こめこうじ》に水を入れてよくすり混ぜ、水嚢《すいのう》で漉《こ》す。これらを鍋に入れて丁寧に混ぜ合わせ、とろとろになるまで練るようにかき混ぜながら煮るのだ。

　ぐつぐつと煮立たせぬよう、火を弱く保つのがこつである。たまやでは、ほんの少しだけ砂糖を入れて仕上げていた。

　宇之助はおそのに向き直ると、優しく目を細めた。

「今日はだいぶ涼しいから、あったけえ甘酒がよけいに美味しく感じるんじゃねえか？」

　おそのはうなずく。そのあとを追うように宇之助もうなずいた。

「あと何日かで葉月《はづき》も終わりだもんなぁ。秋が深まっていくぜ。おそのちゃんは、この間の十五夜に月見団子を食べたかい？」

「はい、食べました」

「それじゃ、来月はぜひとも後の月見をしたいよなぁ」

「そうですね。やっぱり片見月は嫌ですから」

後の月見とは、葉月の十五夜に対して、長月《ながつき》（旧暦の九月）の十三夜を指す言葉である。後の月見をしなければ「片見月」となり、忌むべき風習とされていた。

おそのと宇之助がしゃべっている間に、すずはさりげなく調理場の入口付近に立った。ここであれば占いの様子が目に入るし、茶屋の客に目を配ることもできる。

おそのに目を戻すと、その顔にはいつの間にか笑みが浮かんでいた。甘酒を飲みながらしゃべっているうちに、だいぶ緊張がほぐれてきたようだ。

そういえば、先日みふゆを占った際にも、宇之助はまずお茶を飲むよう勧めていたと、すずは思い出した。宇之助は、こうやって客の緊張を解いていくのか——。

「長月といやぁ、十三夜の月見の前に、重陽《ちょうよう》の節句があるじゃねえか」

宇之助の声が明るく響いた。

「重陽といやぁ、菊酒を飲んだり、栗飯《くりめし》を食ったりするがよ。おそのちゃんちでも、栗飯を炊いたりするのかい？」

その問いに答えず、おそのは悲しげにうつむいた。宇之助は目を細めて、じっとおそのを見つめている。

しばし時が流れた。沈黙に耐えかねたように、おそのが口を開く。

「おなつさんにも相談していたんですけど、占って欲しいのは、おとっつぁんのことなんです」

宇之助が、おそのの顔を覗き込む。

「おとっつぁんが何を考えているのか、さっぱりわからねえよなあ。どうせ口数も少ねえんだろ」

「そうなんです」

おそのが身を乗り出した。

「何を聞いても『うん』とか『ううん』とか、はっきりしないんで、あたしもおっかさんもいらいらしちゃって。もっとちゃんと話してくれればいいのに」

宇之助は大きくうなずく。

「困っちまうよなぁ。いい人なんだけどよぉ」

おそのはうなずいて、目を伏せた。

「今年の重陽——おとっつぁんは、栗ご飯を作ってくれないかもしれません」

宇之助は「へえ」と声を上げながら、じっとおそのを見ていた。まるで、おそのの仕草をひとつも見逃すまいとしているかのように。

「おそのちゃんちでは、おとっつぁんが栗飯を炊くのかい」

おそのは膝の上で握り固めた拳を震わせた。

「重陽だけじゃなく、雛祭《ひなまつ》りとか七夕とか、節句の時は何かしら作ってくれていたんですけど――」

「料理人なんだね」

「おとっつぁんは料理好きなんです。家でも店でも、作るのはまったく苦にならないみたいで」

以前はよく、父の勘平《かんぺい》と母のおみねが長屋の狭い台所に二人並んで料理を作っていたのだと、おそのは寂しそうに目を伏せた。

「おとっつぁんの店ってのは、この町内じゃねえよな？」

宇之助の問いに、おそのは顔を上げる。

「ええ、浅草寺の近くの料理屋で働いています」

「勤めて長いのかい？」

「そうですね。親方と仲がいいんで、楽しいみたいです。いずれは自分の店を持ちたいって夢があるみたいですけど」

「すげえなぁ」

「でも……」

おそのが言い淀《よど》んだ。宇之助の目つきが鋭くなる。

「ここ最近、おとっつぁんは家で寝ているだけなんです」

「具合が悪いのかい？」

おそのは膝の上で両手を握り合わせて、首を横に振った。

「あまり家に帰ってこなくなってしまったんです。以前は、店が終わるとすっ飛んで帰ってきて、親子三人でいろんな話をしてたのに……」

おそのは悲しげに顔をゆがめる。

「今は、あたしとおっかさんが寝入ったあと、朝になってからやっと帰ってきて、ひと言もしゃべらないまま眠ってしまいます。仕事へ行く前も、ごろごろ横になっていることが多くなって」

「そりゃ寂しいなぁ。心配にもなるしよ」

おそのはうなずいた。

「最初は心配して、おとっつぁんの帰りを待っていたんですけど、おとっつぁんは『先に寝てろ』の一点張りで。おっかさんが、こっそり親方に様子を聞きにいったら、仕事はちゃんとやってるって——店では、疲れたそぶりも見せていないようです」

宇之助は首をかしげた。

「夫婦喧嘩《げんか》や親子喧嘩で気まずくなっているわけじゃねえよな？」

おそのは即座にうなずいた。

「いつの間にか、おとっつぁんは仕事のあとに夜な夜な出かけるようになっていたんです」

おそのは、ぐっと眉根《まゆね》を寄せた。

「親方は、これまでと同じ時分に店じまいをして、通いの奉公人たちを帰しているそうですから、明らかにおかしいです。それに、店を上がったおとっつぁんがうちとは違う方角へ歩いていったのを見た人がいるって――」

おそのは膝の上で握り合わせた手を震わせた。

「おっかさんは寝たふりをしながら、毎晩泣いてます」

宇之助は気遣わしげな目で、おそのを見つめている。

「白粉《おしろい》のにおいでも漂わせていたら、おとっつぁんをとっちめられたんですけど……」

おそのは悔しそうに唇を嚙《か》む。宇之助が小さく唸《うな》った。

「においか……醬油でもねえ、味噌《みそ》でもねえ……塩のにおいでもねえんだよな？」

宇之助の言葉に、おそのが目を見開いた。

「そうか、潮の香りだな。かすかな磯《いそ》くささを感じただろう」

「どうしてわかったんですか⁉」

おそのは長床几に手をついて、宇之助の目を見つめた。

「だけど、おとっつぁんが勤めている店は海の近くでもないから、気のせいかと思って――おっかさんなんて、瓦版《かわらばん》に抜け荷の話が書いてあったもんだから、おとっつぁんもそんな悪事に手を染めているんじゃないかとまで心配してしまっているんですよ」

おそのがちらりと、おなつに目を移す。宇之助は、おなつに顔を向けた。

「それで、おなつちゃんに相談したってわけか」

　おなつはうなずいた。

「うちの提灯屋《ちょうちんや》に、高積見廻《たかづみみまわ》り同心の旦那がたまにお顔をお出しになるもんでね」

　高積見廻り同心は、往来や河岸に置かれた積み荷に危険がないか取り締まるのが役目である。

　宇之助は目を細めた。

「江戸市中を日々見回って、荷の積み方に不具合があればすぐ商家の者たちに声をかけたりするから、やっぱり顔が広いんだろうなぁ」

　おなつは同意する。

「うちにお出入りなさっているのは、北町奉行所の加納源丈《かのうげんじょう》さまというお方なんですけどね」

　おそのは気を取り直したように、口元に小さな笑みを浮かべた。

「加納さまがおなつさんにほの字なおかげで、うちのおとっつぁんのことも快く調べていただけたのよね」

　おなつは顔をしかめる。

「ちょっと、やめてよ」

　すずは「おや」と思いながら、おなつの顔を見つめた。

加納の名前を聞いたことはあったが、ほの字だの何だのという話はまったく知らなかった。すずが体調を崩している間も、おなつはたまやに来て、町の話をあれこれしていたから、内緒にしていたとも思えない。

ということは、おなつにとって加納は意中にないのか――相手が武士であっても、もし身分違いの恋に悩んでいれば、すずに何かしら打ち明けてくれているだろう。

「加納さまに事情を打ち明けたら、それは心配だろうと、おそのちゃんのおとっつぁんのあとをつけてくださったんですよ」

おなつは微苦笑を浮かべる。

「そうしたら、加納さまもよくご存じの廻船《かいせん》問屋で、夜に江戸へ着いた船の荷下ろしをしていたことがわかったんですよ。おそのちゃんたちが心配しているような後ろ暗いことは、何もなかったんです」

しかし、おそのは不満げに唇を尖らせている。

「でも――やましいことがないんなら、どうして、おとっつぁんはあたしたちに何も言ってくれないんでしょうか」

おなつが困ったように眉尻を下げた。

「おそのちゃんのおとっつぁんは、いつか自分の店を持ちたいと思い続けてきたから、そのために頑張ってお金を貯《た》めるつもりなんだろうと、加納さまはおっしゃっていました」

――妻子に何も告げぬのは、きっと男の意地であろう。すべて整った時に打ち明けるつもりなのであろうから、大海原を旅した鮭《さけ》が生まれ育った川に戻るのを待ち構えるように、おそのも父のことを待つがよい――。

「そう言って、高らかに笑いながら去っていきましたよ」

その光景を思い出したかのように、おなつは苦笑した。

おそのが激しく頭を振る。

「そんな話、納得できない。いつか店を出せる時がきたら、おっかさんも気に入る場所を一緒に探すんだって、おとっつぁんは言ってたのよ。店のことであれば、おっかさんに隠しておく必要なんてないはずでしょう」

確かに――と、すずは思う。おみねも乗り気であったなら、店のことをあれこれ一緒に語り合うことも、楽しみのひとつだったに違いないのだ。

おそのは訴えるように、宇之助を見る。

「それに、加納さまがこっそり雇い主に話を聞いてくださったところによると、おとっつぁんはもうすぐ荷下ろしの仕事を辞めるそうなんですよ。もともと長く続けるつもりはなかったみたいなんです。お店を出すためなら、もっとたくさん稼ごうとするんじゃないでしょうか」

おそのは膝の上で拳を握り固める。

「だから、やっぱり何か後ろめたいことがあるんじゃないかと思って」

「心配なんだね？」

宇之助の問いに、おそのは大きくうなずいた。今にも泣きそうな顔をしていると、すずは思った。

✿

心配なんだねと聞かれて、こっくりうなずいた時、おそのの胸に広がったのは母の顔だった。

父のせいで夜もろくに眠れなくなった母は、どこか少し壊れかけているように見えた。

おそのが眠っていると思い込んでいる母は、そっと布団から抜け出して、夜な夜な暗闇の底に座り込んでいる。狭い長屋の上がり口にぺたりと尻をつけて座り込み、じっと戸口を見つめているのだ。

――何で……どうして……あんた、誰のところに行ってるんだよ。あたしとの約束はどうしたの――。

時折、聞き取れない言葉が混じりながらこぼす問いかけは、まるで恨みのこもった呪文《じゅもん》のようで、おそのの耳にこびりついて離れない。

母の声は毒を含んだ蔓草《つるくさ》のように、おそのの体の中にはびこっていくようだ。

日に日にやつれていく母の姿を見ると、おそのは息が詰まりそうになる。

おとっつぁんを信じようと言ってみたり、あんな人もう信じられないと言ってみたり。日によって変わる言葉も、やはり呪文のようで。

泣いて、怒って、罵《ののし》って。それでも時折、はっと我に返ったように笑う。

その笑顔が、おそのは怖かった。

何で、笑うんだろう。何を考えているのかわからない能面みたいに。

父が変わって、母も変わってしまった。

そのうち自分も変わってしまうんだろうか――そう思うと、たまらなく怖くなった。人は壊れていく最中に、壊れている自覚があるんだろうか。

ちょっと前まで、自分たちはとても幸せな家族だと思っていたのに。今は江戸で一番不幸な家族になりかけているんじゃないかという気になってしまう。

長屋の狭い部屋の色が次第に黒ずんでいく気がした。この部屋の中にいるおそのの心も、やがて真っ黒に塗り潰されていくのだろうか。夜ごと母の呪文を聞きながら――。

占いをしてみたらどうかと、おなつに勧められたのは、そんな時だった。

たかが占いという目をしたおそのに、されど占いという顔でおなつは笑った。

――その人の占いで、救われた人を、わたしは見たよ――。

町方の旦那でさえ、おそのの不安を拭い去ることはできなかったのに。占いで、どうにかできるわけがない。

けれど、おなつの言葉は、おそのの胸に突き刺さった。

どうせ、他に道はないのだ。

占いが当たれば運がいいし、はずれても、甘味を食べにいったと思えばいい。

そうだ、茶屋へ行くのはずいぶんと久しぶりだ。いい気晴らしになるかもしれないじゃないかと、言い訳のように何度も頭の中でくり返した。

できるだけ期待なんてしないようにと思いながら茶屋の前に立った時は、緊張して足が震えた。何からどう話せばよいのか、どんなことを聞かれるのか、びくびくしながら占い師の前に座れば、占い師はのん気に甘酒や月見の話を始める。いささか拍子抜けした。

だが、おかげで少し気が楽になった。

甘酒を飲みながらしゃべったことで、がちがちに強張っていた体から力が抜けた。口もゆるむ。溜《た》まっていた不安を吐き出せば、占い師は優しく目を細めてうなずいた。

「だけど、おそのちゃんのおとっつぁんは幸せ者だよなぁ」

おそのは首をかしげた。

「だって、そうだろう。こんなに心配してくれる可愛い娘がいるんだから、幸せじゃねえはずがねえよ」

「……そうかな」

「そうだよ」

まるで、おそのをうらやんでいるような顔で、占い師は笑う。

「おそのちゃんは、おとっつぁんが大好きなんだなぁ」

その言葉を聞いた瞬間、ぐわっと喉元に熱い切なさが込み上げてきた。

幼い頃の記憶がよみがえる。

――大きくなったら、おとっつぁんのお嫁さんになる――。

そう言った時、父は嬉しそうに笑いながら、まだ幼かったおそのに告げた。

――だけど、おとっつぁんには、おっかさんがいるからよぉ――。

娘の申し出を馬鹿正直に断るくらい、母に惚《ほ》れていた父。その隣で、母は幸せそうに笑っていた。

それが今では真っ暗闇だ。

「おっかさんが、かわいそう」

「うん」

「あたしも、お針の仕事が手につかなくて」

「そうだよな」

占い師の相槌《あいづち》が、おそのの胸を温かく打つ。まるで不甲斐《ふがい》ない父に代わって、おそのの気持ちを全部受け止めてくれているかのようだ。

おそのは、しゃくり上げた。

「もう駄目だ――」

「そんなことはないさ」

占い師が懐から小箱を取り出して、おそのの前に掲げる。

「それは……？」

「花札さ。おれは花札を使って占いをするんだ」

占い師は箱の中から札を取り出すと、絵柄を伏せたまま、長床几の上に川のように広げた。

「おそのちゃんは、どうしたら望む未来を引き寄せられるのか知りたいんだろう？」

流れる涙をそのままに、おそのはうなずいた。

「じゃあ今から、札に聞いてみよう」

占い師は自信ありげに口角を引き上げている。

「お願いします」

占い師は、大きくうなずいた。

✿

おそのの表情は、すっかり宇之助を信じ切っているように見えた。

おそのが望む通りになりますようにと願いながら、すずはたまやの片隅に作られた小さな占い処をそっと見守る。父親のことで悩んでいるおそのの姿は、他人事に思えなかった。

宇之助は左手の人差し指をぴんと立てて額の前にかざすと、静かに瞑目する。そして目を開けると、おもむろにかざした左手で、札を一枚選び取った。

表に返された札が、おそのの前に置かれる。

「菊に杯――」

宇之助は札の絵を凝視して「ああ」と感慨深げな声を上げた。

「おとっつぁんは、本当に家族思いの人なんだなぁ。おそのちゃんと、おっかさんのことが、大好きだぜ」

宇之助は絵札を見つめながら、うんうんとうなずく。

「店を持ちたいのは、家族と一緒に過ごす時を増やしたいからなんじゃねえのかなぁ」

考え込むおそのの顔を、宇之助は覗き込んだ
「仕事場と家を一緒にしたいなんて話を聞いたことはねえかい」

おそのが「あっ」と声を上げた。

「一階が店で、二階が住まいの表店《おもてだな》を見るたびに、おとっつぁんは『いいなあ』って言ってました。おっかさんも、うなずいて――そうか、店と住まいが同じになって、通う必要がなくなれば、家族で過ごす時も増えるんですね」

よくできましたと言わんばかりの表情で、宇之助はうなずいた。

「階下に客が集まれば、家ん中も少し騒がしく感じるかもしれねえがな」

おそのは首を横に振る。

「おっかさんは承知だと思います。『あたしがお運びをやってもいいよ』って言ってましたから」

宇之助は微笑む。

「それじゃ、いつか本当に、おとっつぁんも店が持てるといいなぁ」

おそのがうなずく。

「だけど店を持つとなると、いろいろ物入りだから、すぐには無理だって話でした」

「だよなぁ、道具もそろえなきゃならねえしよ」

おそのが、はっとしたように口を開ける。

「そろそろ包丁を買い替えなきゃならないんじゃないかって、おっかさんが言ってました」

宇之助は目を細めた。

「おとっつぁんじゃなくて、おっかさんが言ってたんだな?」

おそのは記憶を確かめるように、こめかみに指を当てた。

「おとっつぁんの包丁は、研ぎ過ぎてだいぶ刃が小さくなっているはずだから、仕事に差し支えるんじゃないかと、おっかさんが心配していたんです。だけど、おとっつぁんは『まだいい』の一点張りで……」

　宇之助は札を見ながらうなずく。

「重陽の節句までに買ってやるといいぜ」

「え、でも――」

　おそのの顔が曇る。

「勝手に買ったりしたら、おとっつぁんに怒られませんか？　仕事で使う物だし」

　だが宇之助は笑いながら首を横に振った。

「大丈夫、喜ぶと思うぜ。仕事道具のことがわからなきゃ、おとっつぁんの親方に相談してみるといい。包丁のこと、まずは、おっかさんに話してみな」

　これ以上家の中がおかしくなったら耐えられないと言いたげな表情で、おそのはしばし黙り込んだ。

「あの……」

　おそのは、おずおずと宇之助の顔を見る。

「占い師に勧められたと言ってもいいですか？」

「もちろん」

　宇之助は、にっこりと笑みを深めた。

「おそのちゃんが言いにくいことは全部、おれが言ったたってことにしていいんだぜ」

おそのは殊勝な顔で頭を下げる。

「ありがとうございます」

宇之助は目を細めて絵札を見つめた。

「今年の重陽も、きっといい節句になるなぁ」

みなの目が、絵札の中の菊と杯に集まった。


おそのたち親子三人がそろってたまやに現れたのは、葉月最後の夕暮れ——そろそろ店じまいをしようとしていた時分である。

おなつと、腰に二刀を差した着流し姿の武士も一緒だ。黒の紋付羽織をまとっているので、町方の同心だとすぐにわかる。

「北町奉行所、高積見廻り同心、加納源丈だ」

土間に踏み入り、ぐいと胸を張って宇之助を睨みつけながら名乗った加納は、振り向きもしないまま親指で後ろを指した。

「あれは中間《ちゅうげん》の寅五郎《とらごろう》だ」

寅五郎は敷居の向こうから首を伸ばして、胡散《うさん》くさげな目を宇之助に向けた。

「加納の旦那のご活躍に、よけいな横槍《よこやり》を入れたのはてめえか」

寅五郎は腕組みをしながら、つかつかと宇之助に歩み寄った。店の奥の床几に座っていた宇之助は「はて」と首をかしげる。

「いったい何のことでございましょう。加納さまのお調べに異を唱えたつもりはございませんがねえ」

寅五郎は嚙みつくように、宇之助の顔に自分の顔をぐっと近づける。

「重陽の節句までに包丁を買えと言っただろう」

気色悪いと言いたげにのけぞって、宇之助は寅五郎から顔を離した。

「包丁を買い替えるってのは、もともと、おそのちゃんのおっかさんが言ってたことですよ」

宇之助は立ち上がった。加納に一礼して、おそのたち親子の前に立つ。

「どうやら一件落着のようで」

おそのが嬉しそうに笑った。

「がらん堂さんのおかげです」

おそのの隣に立っていた女が深々と頭を下げる。

「みねと申します。こちらは亭主の勘平《かんぺい》です。このたびは本当にありがとうございました」

宇之助は首を横に振った。

「おれは占っただけですよ。勘平さんのために動いたのは、おそのちゃんとおみねさんだ。そうでしょう？」

おみねは、はにかんだような笑みを浮かべた。

「娘から、おとっつぁんの包丁を買おうと言われた時は驚きました。娘があたしたちのことで占いへ行くなんて夢にも思わず……この子には、ずいぶんと心配をかけました」

おみねはおそのの顔を見て眉尻を下げた。

おそのは笑いながらうなずく。

「おっかさんは、すぐに親方のところへ相談にいってくれたんです」

おみねの顔にも笑みが浮かんだ。

「今のあたしに何ができるか、どんなに考えても、何も浮かびませんでしたからねえ。せっかくおそのが占いで聞いてきてくれたんだから、それに乗ってみようと思ったんですよ」

親方に相談したら、勘平が贔屓《ひいき》にしている包丁鍛冶《かじ》を紹介してくれたという。

「女房のやつ、無理して高いのを注文してくれましてねえ」

おみねの横にいる勘平が左手で後ろ頭をかいた。右手には風呂敷包みを持っている。

「壊れた簪《かんざし》を手放しただけですよ」

おみねはゆるゆると首を横に振って、勘平を見上げた。

「それだって、昔あんたが買ってくれた物だ」

勘平は目を細めて、おみねを見下ろした。

「あれも菊見の頃だったな」

おみねが目を細めてうなずく。

「後生大事にしなきゃと思っていたけど、髪に挿《さ》せなくなっちまってねぇ」

「折れちまったんだから仕方ねえやな。親子三人が無事だっただけで感謝しねえと」

宇之助は胸元に手を当て、おみねと勘平を交互に見た。

「大変な目に遭ったんですねぇ」

二人はそろって大きくうなずいた。

「江戸は火事が多いですから、長屋が焼け落ちたのはあたしたちだけじゃありませんでしたけど――」

おみねの言葉に勘平が同意した。

「小さかったおそのを抱いて逃げるのが精一杯だったなぁ」

宇之助がうなずく。

「火事場の混乱をくぐり抜けて、勘平さんは大事な女房と子供を守りきったんですね」

勘平は目を伏せる。おみねが大きく息をついた。

「そんな中で、あたしの髪から簪が落ちてしまいましてね。逃げ惑う人たちに踏まれてしまったんです」

宇之助は微笑んだ。

「だが、飾り玉は無事だった」

おみねがうなずく。

「うちの人が買ってくれた、大事な思い出の品だったから、壊れて使えなくなっても、捨てられなかったんですよ。綺麗《きれい》な緑色のびいどろでねえ――」

「せめてもの救いでしたね」

「ええ。つらいことがあるたびに、飾り玉を眺めて頑張ってきましたよ」

宇之助がおみねの顔を覗き込む。

「だが、それを手放しちまうとは、ずいぶんと思い切りましたねぇ」

おみねは肩をすくめて勘平とおそのを見た。

「重陽の節句までにいい包丁を買えば、絶対にいいことがあると信じたんです」

おそのが大きくうなずく。

「あったよね、おっかさん。がらん堂さんの言う通り、おとっつぁんを信じてよかった」

「本当にねえ」

おみねの目に涙が浮かんでくる。

「昨日、うちの人が親方に呼ばれて――」

おみねは言葉を詰まらせた。次から次へと涙が溢れ出てくる。勘平が左手で懐から手拭いを取り出した。

「おめえ、昨夜から泣き過ぎだぞ」

「だって」

おみねは手拭いを受け取って目に当てる。

「まさか、親方の知り合いが店を譲ってくれるだなんて——そんな夢みたいな話——」

おみねは手拭いで顔を覆って泣き出した。おそのもぎゅっと目をつぶって涙を流している。

勘平は後ろ頭をかきながら、宇之助に向き直った。

「信じられねえのは、おれもなんですが——親方の知り合いに、年を取って引退を考えていた人がいましてね。重陽の節句に入っている料理の注文を最後に、店を畳むっていうんですよ」

すずの頭の中に「菊に杯」の札がよみがえった。

「それを聞きつけた親方が、自分の弟子に店を譲ってくれまいかと頼んでくれやしてね。そうしたら、跡継ぎもないんで構わねえって話になりまして」

勘平は首に左手を当てて、泣き続けているおみねを見下ろした。

「親方は前々から、そろそろおれに店を持たせようと思ってくれていたそうで。後ろめたいことは本当にねえんだなと念を押されたあと、『かみさんによけいな心配をかけず、しっか《》り気張れ』と言われました」

宇之助はうなずいて、おそのの髪を指差した。

「それのために荷下ろしの人足《にんそく》仕事をなさっていたんですよね？」

おそのの髪には、びいどろの飾り玉がついた簪が挿してある。艶々《つやつや》と輝く美しい緑色のびいどろだ。

勘平は照れくさそうにうなずく。

「壊れた簪をいつまでも取っておかれちゃ、何だかねえ。新しいのを買ってやらなきゃって気になっちまうでしょう」

おそのは両手で涙を拭くと、唇を尖らせて勘平を見上げた。

「それならそうと言ってくれればよかったのに」

勘平は顔をしかめて、おそのを見下ろす。

「おっかさんは『無理して買わなくていい』って言うに決まってるだろう」

「だけど、あたしにだけは打ち明けてくれてもよかったんじゃないの」

「おめえに言えば、必ずおっかさんに伝わっちまうぜ」

おそのは、すっとぼけるように天井を仰いだ。

勘平は苦笑して、宇之助を見る。

「がらん堂さんのおかげで、今年の重陽もいい節句になりそうです」

勘平はずっと右手に持っていた風呂敷包みを宇之助の前に掲げた。

「つきましては、心ばかりの料理を召し上がっていただきてえと思いまして」

首をかしげる宇之助に向かって、勘平は満面の笑みを浮かべた。

「利根川《とねがわ》で獲れた鮭です。でっかくて、いいのが手に入りましたんで、ぜひ」

勘平は調理場の近くに立っていたきよに歩み寄った。

「女将《おかみ》さん、大変申し訳ねえんだが、調理場を貸してもらうわけにはいきませんかねえ。真《まこと》に勝手ながら、今日はこのために親方から休みをもらってきたんでさ」

「いいですよ」

きよは笑顔で応じた。

「さ、どうぞこちらへ。うちにあるものは何でも使ってくださいな」

「ありがてえ。包丁は持参したんですがね」

勘平は、きよとともに調理場へ入っていった。

おそのがすずに笑いかける。

「うちのおとっつぁんの料理は美味しいんですよ。楽しみにしていてくださいね」

すずはおそのに笑い返した。

「まあ嬉しい。だけど、あたしまでご相伴《しょうばん》に与《あずか》っちゃっていいのかしら」

「もちろんです！」

おそのは背筋を伸ばして一同を見回した。

「みなさんにお力添えをいただいて、本当に心強かったんですから」

しかめっ面で腕組みをしていた加納が、こほんと咳払《せきばら》いをする。

「まあ、おれの調べも無駄ではなかったということか」

おそのは大きくうなずいた。

「おとっつぁんが抜け荷に関わってなんかいないとわかって、ほっとしました。ねえ、おっかさん」

おみねが加納に深々と頭を下げる。

「あの時は、どんどん悪いほうへばかり考えてしまって……」

おなつが同意する。

「わたしも、まさかとは思いながら、おそのちゃんに『絶対ありえない』と言い切ってあげられなくて――」

おなつは真正面から加納を見た。

「その節は大変お世話になりまして、本当にありがとうございました」

加納はでれんと表情をゆるめて、腕組みを解く。

「いや、おなつに礼を言われるほどのことではない。悪事が絡んでおるやもしれぬとなれば、なおのこと。今後も怪しい占い師などではなく、このおれを頼るべきだ」

怪しい占い師――というところで、加納はぎろりと宇之助を睨んでいた。

「事と次第によっては、親しくしている定町《じようまち》廻り同心にも助力を請うてやるからな」

定町廻り同心は、盗みや殺しなどの犯罪を取り締まるのが役目だ。罪人を捕縛《ほばく》するため、江戸市中を見回っている。

「でも、がらん堂さんは怪しい占い師なんかじゃありませんよ」

おなつが誇らしげな顔で宇之助を見た。

「悩んでいる人を救う、素晴らしい占い師です」

加納は、むっと眉根を寄せた。

「占いで、すべての悩みに決着をつけられるわけではあるまいに」

「ええ、もちろん」

宇之助はあっさりとうなずいた。

「占っただけで、悩み事はなくなったりしません。本人が幸せになりたいと望み、動かなければ、明るい未来は訪れないんです」

おなつやおそのが感嘆の眼差しを宇之助に向ける。

「さすが宇之助さん、いいこと言うわねえ」

「あたしもおっかさんも、がらん堂さんを信じてよかった」

加納は顔をゆがめて、ぎりりと歯を食い縛る。

「ううむ——おなつ、頼るのであればこのおれを——」

加納は唇を引き結んで、再び宇之助を睨んだ。どんどん険悪になっていきそうな表情である。

「みなさん、おかけになってお待ちください」

場をなごませようと、すずは明るい声を上げた。

「今お茶をお持ちいたしますので」

人数分の茶を淹《い》れて運ぶと、すずは暖簾《のれん》をしまった。

やがて、勘平の料理ができ上がる。

鮭の塩焼き、鮭の南蛮煮、鮭の昆布巻き、鮭のほぐし身が入った卵焼き、鮭ときのこの炊き込みご飯、鮭のあら汁——。

「鮭づくしでございやす」

料理人の手による品らしく、運ばれてきた皿はどれも美しく盛りつけられていた。

塩焼きにされた切り身の下には笹の葉が敷かれ、南蛮煮には色鮮やかな小松菜が使われている。

「どうぞ召し上がってくだせえ」

みな歓声を上げて舌鼓を打った。

おなつが鮭の塩焼きを頬張りながら目を閉じる。

「塩を振って焼いただけだっていうのに、うちで作るのとは全然違うわ」

すずは隣でうなずきながら、卵焼きを頬張った。

家でたまに作る卵焼きは砂糖を入れて甘くした物だが、鮭のほぐし身が入った卵焼きもたまらなく美味しい。ふんわり優しく焼かれた卵の、ほんのりした甘さと、鮭のほぐし身の甘じょっぱさが、口の中で絡み合う。ふんだんに鮭の身が使われており、とても贅沢《ぜいたく》な一品だ。白飯を頬張りたくなる。

切り口を見れば、鮭の身の淡い紅色と卵の黄色が、とても可愛らしい。花見の弁当にでも入れたら、きっと見栄えがいいだろう。

「こりゃあ箸が止まらねえぜ。ねえ、加納の旦那」

炊き込みご飯をかっ込みながら寅五郎が言えば、加納は無言であら汁をすすりながら何度もうなずいた。

宇之助が居住まいを正して勘平を見る。

「すっかりご馳走《ちそう》になっちまったぜ」

勘平は嬉しそうに笑った。

「おれにできるのは、料理しかねえから」

宇之助はまぶしそうに目を細める。

「おれにできるのも、けっきょく、占いしかねえのかな……」

宇之助が突然「あっ」と声を上げて加納に目を移した。

「このたびの一件は、加納さまがおっしゃっていた通りになりましたねえ」

加納が「む?」と眉をひそめる。

「ほら、鮭のあれですよ、あれ。勘平さんは、ちゃんと戻ってきたじゃありませんか」

「おっ、おう」

加納はまんざらでもなさそうな表情になって、口元をゆるめた。

「こうなることが、おれには最初からわかっておったのだ」

宇之助は「はあ〜っ」と感嘆の声を上げた。

「さすが加納さま。すべてお見通しだったとは、恐れ入谷《いりや》の鬼子母神《きしもじん》でございます。お顔も広いし、ほんっと頼りになりますねえ」

「まあな」

加納は上機嫌になって笑う。

「困り事があれば、みなもおれに相談するがよいぞ」

一同は笑顔で勘平の料理を食べ進めた。


月が替わり、秋はますます深まっていく。夕暮れ時になると、たまやの前を通り過ぎる人々はみな足早になった。

「ずいぶんと日が短くなったねえ」

きよが調理場から出てきて表を眺めた。

開け放してある戸の向こうには、鈍い茜色《あかねいろ》の光が差している。やがて光は消えて、辺りは真っ暗になるだろう。

「風も冷たくなったから、やっぱり温かい蕎麦がよく売れるねえ」

すずはうなずいた。

「季節の蕎麦も、そろそろ吉三おじちゃんが冬の案を出してくる頃よね」

がらん堂の衣装をまとった宇之助は店の奥に座ったまま、じっと腕組みをしていた。心なしか険しい表情に見える。

「どうかしましたか……？」

宇之助が立ち上がり、すずときよの前に来た。

「今夜、龍を祓う」

すずは息を呑んだ。きよも隣で顔を強張らせている。

宇之助は静かに前を見つめた。

「準備は整った。これで駄目なら、死ぬだけだ」

すずは宇之助に詰め寄って、頭を振る。

「あたし、やっぱり――自分のために、宇之助さんに命を懸けさせるなんて」

宇之助はすずを見下ろして微笑んだ。

「安心しろ。死ぬつもりなど毛頭ないからな」

宇之助の目は清らかに澄んでいる。

「おれの家に来られるか？　今回は大仕事になるので、ここでは無理だ」

宇之助は、きよに顔を向けた。

「きよさんも一緒に来てもらえないだろうか。きよさんがついていてくれれば、すずも安心だ。明日の朝までには、何とか決着をつけるつもりでいるが――」

「行きます」

きよは即答して、深々と頭を下げた。

「宇之助さん、どうかよろしくお願いします。すずを助けてやってください」

宇之助は目を細めた。

「頭を上げてください。力をつくしますので」

きよは身を起こすと、宇之助の目を見て大きくうなずいた。

宇之助はすずに向き直る。

「もう少しの辛抱だ」

「はい」

急いで戸締まりをして、たまやを出た。

西日の差す道を、三人で福富町へ向かって歩く。夜食の入った風呂敷包みを背負ったきよの背中が勇ましく見えた。

たまやから少し離れたところで、すずは立ち止まる。

「ちょっと待ってください」

踵《きびす》を返して、最福神社の前まで走った。鳥居の前で一礼して、両手を合わせる。

夕暮れ時は、逢魔《おうま》が時——神社であっても安心はできないので、日が落ちてからは境内に立ち入らぬようにと昔から言われていた。

「今生明神さま、どうかお見守りください」

石段の上の社殿まで届くよう、すずは強く祈った。

気がつけば、いつの間にか、きよも隣に並んで手を合わせている。

「今生明神さま、すずをお守りください」

きよの向こうで、宇之助も瞑目しながら手を合わせていた。

「行くぞ」

「はい」

三人並んで、再び歩き出す。

大通りに入ると、すずたちは町の喧騒に包み込まれた。仕事を終えて一杯引っかけにいくのであろう男たちが、あちこちで群れを成している。

大勢の人々が川のごとく流れて、どこかへ行こうとしている。その流れに逆らうように、すずは歩いた。

抗《あらが》え。

すずは自分に言い聞かせる。

抗って、生きろ――。

お祓いに関しては、宇之助に託すことしかできない。明るい未来に健康が不可欠であれば、すずは自分の未来を宇之助にゆだねることしかできない。

だが、お祓いがどうなるかわからなくても、覚悟を決めて挑むのだ。恐れても、なお、あきらめない勇気を持て。

ベベンッ。

まるで舞台の幕開けを告げるように、華やかな三味線《しゃみせん》の音が鳴り響いた。

音を辿《たど》って大川に目をやれば、灯《あか》りをともした屋形船が水面に浮いている。三味線の音色は、そこから漂ってきていた。

三味線の音色が艶《あで》やかに、すずの前を通り過ぎていく。

「売ろー、売ろー」と声を上げながら、酒や食べ物を売る「うろうろ舟」が屋形船に近づいていく。

こんな光景を、この先もずっと見られるのだろうか――。

すずの心が、大川の水面《みなも》のようにゆらりと揺れた。

腹をくくろう。

すずは前に向き直り、歩き続けた。

夜闇はすぐそこまで迫っている。


宇之助の家に着くと、すぐ二階へ案内された。階段から最も近い一室に促され、足を踏み入れると、そこはがらんとしていた。手燭《てしょく》で照らされた六畳間の隅に、行燈《あんどん》がぽつんと置かれているだけである。

宇之助が行燈に火を入れた。

三人で車座になって夜食の握り飯を食べている間、口を利く者は誰もいない。

食欲はまったく湧かなかったが、ここで食べておかねば龍との戦《いくさ》に負けてしまう気がして、すずは握り飯を懸命に噛んで飲み込んだ。

「支度をしてくる」

握り飯を食べ終えた宇之助はいったん退出すると、白衣に白袴《しろばかま》の白装束となって戻ってきた。

「きよさんは少し離れていてください」

部屋の隅にきよが控えると、宇之助は部屋の真ん中に腰を下ろした。

「始めるぞ」

「はい」

すずは宇之助の前に居住まいを正す。

宇之助が瞑目して、胸の前で両手を合わせた。

「祓えたまえ、清めたまえ、神ながら守りたまえ――どうか、この娘すずに憑いた龍の成敗を許したまえ」

宇之助は合わせた両手を額まで上げるると、ゆっくり目を見開いた。すずの頭上を見つめながら、右手で斬り上げるように顔の前を払う。

ふーっと息をついてから、小声で何かを唱え始めた。何と言っているのか聞き取れないが、以前聞いた胡弓《こきゅう》のような呪文だ。今回は時折高くなったり、低くなったり、歌うようにうねる声が続いた。

不意に、息が苦しくなる。

「うぅ――」

すずは喉に手を当てた。

部屋の隅できよが大きく身じろぎしたのが目の端に移った。

「きよさん、その場から動くな」

「は、はい」

きよが座り直す。

宇之助は再び呪文を唱え始めた。すずの息苦しさがひどくなる。龍が怒って、また首に絡みついたのだろうか。

すずは喉を両手で押さえながら、落ち着いて息を吸おうと努めた。

宇之助の顔にはものすごい汗が浮かんでいる。

苦しさがどんどん増してくる。喉が潰されるように痛んだ。頭痛も、目まいも、体の凝りも、すべてが一度に襲ってくる。

呪文を唱える宇之助の声が高くなった。体に激痛が走る。

「ああっ」

叫びながら、すずは倒れ込んだ。何かが全身に巻きついて、すずの体をしめ上げている。まるで目に見えない大蛇——いや、龍か。このまま、しめ殺されてしまうのだろうか——。

「やめろ！」

宇之助がすずの肩をつかんだ。

「すずを放さなければ、おまえを消滅させるぞ！」

ぐっと、首のしめつけが強まった。

「かはっ……うぅ……」

すずはもがこうとしたが、身動きが取れない。手足の指一本も動かせなくなった。

「はあっ、はあっ……」

声を出そうとしても、悲鳴のような息が漏れるだけだ。

宇之助が再び呪文を唱える。すずの体が勝手に動いた。手足がばたばたと畳を打ち、魚がのたうつように腰が大きく跳ね上がる。

きよが悲鳴を上げた。

「すず！」

「きよさん、動くな！」

「ああ、お願い、すずを助けて――」

きよの泣き声が聞こえる。すずはただ目を開けて、勝手に暴れている体に翻弄《ほんろう》されるだけだ。手足が激しく動いて、床を打つ。

宇之助がすずの両肩を押さえつけて、馬乗りになってきた。重い。苦しい。

すずはうめいた。

〈ぐはぁ〉

自分のものとは思えぬ声が、すずの口から出た。

〈うがあっ、がるるるっ〉

まるで獣の咆哮《ほうこう》だ。

宇之助が、すずの襟をぐっとつかみ上げた。

「いい加減にしろ、この野郎。すずを放せ」

〈ぐおぉ〉

すずは歯をむき出して、宇之助に噛みつこうと首を伸ばした。

なぜ――そんなつもりはないのに――。

あたしじゃないと必死で首を横に振ろうとするが、首が動かない。言葉も出ない。ただとめどなく涙が溢れてくるだけだ。

〈ぐはあっ、ぐほおっ〉

何かが、すずの中で怒っている。邪魔をするなと叫んでいる。

やめて！

宇之助に向かって歯をむき出しながら、すずは懸命に首を横に振ろうともがいた。

「まだ放さねえのか。てめえ、殺すぞ」

宇之助がすずを、いや、すずの中に入り込んだ何かを、ものすごい形相で睨みつけている。

「消されてえんだな？」

とたんに、びゅっと風が吹く。行燈の火明りが大きく揺れた。明りの動きとともに、部屋中が揺れているような感覚が襲ってきた。目が回り、体が浮き上がったように感じる。

畳に転がっているのか天井に張りついているのか、わからなくなった。

宇之助がさらに強く、すずの襟をしめ上げる。

「てめえ、誰を敵に回しているのかわかってんだろうな!? 許されると思うなよ」

部屋の中をゴオッと強い風が吹き抜けた。行燈の火明りが大きく揺れる。

宇之助が舌打ちをした。

苦しみに耐えながら目を凝らすと、宇之助の額や頬に血がにじんでいる。いつの間にか、切り傷がついていた。

宇之助の周りだけに、小さな竜巻のような風が集まる。ビリリッと音が響いて、宇之助の白衣の袖がちぎれ飛んだ。透明な刃で斬られたように、宇之助の腕から血しぶきが飛ぶ。

「ああっ」

すずは叫んだ。思いっきり叫んだつもりでも、小さなうめき声しか出なかった。

行燈の火明りが小さくなったり大きくなったりしている。

すずは苦しみに耐えながら、宇之助を見つめた。

宇之助は歯を食い縛って、懐の中から何かを引っ張り出した。首にかけていた紐《ひも》の先に、小さな何かがついている。宇之助が、それをすずの顔の前に掲げた。

「この勾玉《まがたま》が何かわかるか?」

ドンッ!

何かが爆《は》ぜるような音がすると同時に、宇之助が吹っ飛んだ。壁に叩きつけられて、ずるずると床に崩れ落ちていく。

「宇之助さん！　すず！」

きよが悲鳴を上げながら、這《は》いつくばってきた。すずは声も出せずに、きよを見上げる。

「大丈夫かい。しっかりしておくれよ」

きよは自分の膝の上に、すずの頭を載せた。

「かわいそうに、こんな目に遭っちまって――」

きよの涙がぽたぽたと、すずの顔の上に落ちてくる。きよは泣きながら、すずの上半身を起こした。

「ほら、これを飲みな」

どこから取り出したのか、竹筒を口に当てられる。

「甘酒だよ。お握りと一緒に持ってきておいたんだ」

「あ……まざ……け……」

考える前に、ひと口飲んでいた。甘酒の甘みがじわりと体内に落ちていく。

〈くはあぁ〉

歓喜が全身に広がった。

すずは竹筒に手を伸ばす。体が動いた。竹筒をぎゅっと握りしめ、ぐびぐびと夢中で甘酒を飲む。

「はあっ」

生き返った心地だ。呼吸も体も楽になっている。

「おい」

宇之助が頭を押さえながら近寄ってきた。すずの前に膝をついて、顔を覗き込んでくる。

額や頬の血はまだ完全に止まっていない。ほどけた髪が乱れて、頬に張りついていた。

「大丈夫か？」

「はい、何とか」

今度はすんなりと言葉が出せた。

「宇之助さんは大丈夫ですか？」

「ああ。とっさに頭をかばったからな」

顔に張りついた髪を耳にかけて、宇之助はすずの頭上を見上げる。その視線を追うと、

天井に長く伸びる巨大な影が浮かび上がっていた。

「龍……ですか？」

宇之助がうなずいた。

「甘酒で、怒りが消えたのか？」

天井に浮かぶ影が、ゆらりとうごめいた。宇之助は立ち上がり、じっと影を見つめる。

白装束のあちこちについた血が痛々しい。

「……何だと？　それは、おまえの勝手な言い分だろう」

龍の声は聞こえないが、宇之助と話を始めたようだ。すずはきよと並んで座り、宇之助と天井の影をじっと見つめる。

「だからといって、すずを餌にさせられるわけがない。――駄目だ。神も許さねえぞ」

龍は天井の真ん中でとぐろを巻いた。

「何千年もの間、独りか……世の中の氣が大きく乱れたから、餌場が……それはわかるが、たまやを棲《す》み処《か》にはできんぞ。当たり前だろう」

宇之助は天井を見つめたまま唸った。首から下げた勾玉を握りしめ、しばし黙り込む。

行燈の明りが穏やかに室内を照らす中、天井の影が忙《せわ》しなくうねった。時折、宇之助は返事をするように長い唸り声を上げている。

やがて宇之助がため息をついて、すずときよを見下ろした。

「悪気はなかったが、すずの生気が美味《うま》かったのでやめられなかったと、龍が言っている。毎日たまやで作っている甘酒の香りと、最福神社門前に漂っている氣が清らかなので、離れたくないと――」

きよが膝立ちになった。

「そんな、困りますよ！」

宇之助はうなずく。

「もっともだが、落ち着いて話をすれば、悪意のないことがよくわかった」

天井の龍が首をもたげる。

「龍はとてつもなく強い存在だが、こいつは番《つがい》を亡くしたあと何千年もの間、居場所を求めてさまよい続けていた、哀れな雄だったんだ」

きよが眉尻を下げた。

「それは気の毒だけど……」

「龍が人に憑くことはめったにないが、力を求めた者が繁栄のため龍神の加護を得ようとして、動物霊の龍を呼び寄せてしまうことがまれにある」

宇之助は天井を見上げた。

「その場合の龍は野生の獣だから、人の意のままに操ることなどできず、いったん繁栄させてもらっても、いずれ人生のどん底まで突き落とされてしまう」

きよは顔をしかめた。

「うちのすずは繁栄もさせてもらえず、生気を吸われっ放しだったけどねえ」

宇之助は苦虫を嚙み潰したように口をゆがめる。

「龍にすれば、それも悪意がない証《あかし》だったんだ。ただただ餌として、すずに夢中になってしまった」

うなずくように、天井の影が上下した。

「悪気なくやられちゃ、たまったもんじゃないよ」

きよの言葉に、影は天井の隅で丸まった。

「戦って、祓うつもりでいたんだが――」

宇之助がきよの前に正座する。

「この龍と、契約してみてはどうだろうか。この先すずの生気は絶対に吸わぬと誓わせて、すずを守らせるんだ。契約が成り立てば、たまやの裏庭に、おれが龍の餌場を作る」

すずはきよと顔を見合わせた。

「うちの裏庭に、龍の餌場だなんて……」

「猫の額しかない場所だよ。龍が入れるなんて思えないけどねえ」

宇之助は「大丈夫だ」と言い切る。

「龍は自由自在に大きさを変えられる。これまでだって、すずに憑いて、たまやに出入りしていただろう」

宇之助の言葉に、きよは「あっ」と目を見開いた。

「そういえば、そうだねえ」

宇之助は顎を引いて、きよを見た。

「龍が憑いていれば、そんじょそこらの悪霊も近寄れない。ちょっと変わった用心棒だと思えば、どうだろう」

「ちょっとどころじゃないよ！」

きよが天井を見上げた。

「あんなものをうちに置くなんて、怖いよ」

すずも天井を見上げる。

龍の影は先ほどよりもだいぶ小さくなっていた。細く、短くなることで、悪意はないと訴えているように見える。すずに向かって「頼む」と懇願しているようだ。

番を亡くしたあと何千年もの間、居場所を求めてさまよい続けていた、孤独な龍——。

すずは胸の前で両手を握り合わせた。

「おっかさん、龍と契約してみましょうよ」

「そんな、おまえ」

「誰だって、寂しいのは嫌だわ」

すずは天井に向かって手を伸ばした。

「絶対に、悪さしないわね？」

龍はうなずくように首を揺らす。

「おっかさん、大丈夫だって言っているみたいよ」

きよは眉根を寄せて宇之助を見る。

「すずの勘は、龍にも通用するんですか？」

宇之助はうなずいた。

「たまやを守護している今生明神にも誓わせる。神との誓約を違《たが》えた時は、今度こそ消滅だ」

きよは念を押すように、すずを見た。すずは本気を表すように強い眼差しで、きよを見つめ返す。きよは深いため息をついた。

「わかったよ。その代わり、宇之助さんも見張っていてくれるかい？」

宇之助は真摯《しんし》な表情で顎を引いた。

「もちろんだ。がらん堂としてたまやに出入りしながら、しっかり龍を見張る」

きよは天井と宇之助を交互に見て、髪が乱れるのも構わずに後ろ頭をかいた。

「ああ、もうっ――わかったよ」

天井の龍が嬉しそうにくるりと一回転した。

「きよさん、甘酒はまだ残っているか？」

「えっ、ああ。少しならあるけど」

「龍との契約に使う」

宇之助は階下から杯《さかずき》をふたつ取ってくると、半紙の上に置いた。きよから竹筒を受け取って、甘酒を注ぐ。

宇之助は居住まいを正した。

「この先、人から生気を吸ってはならぬ。これまで生気を吸い続けてきた代償として、何者からもすずを守れ。誓うのであれば、気高く偉大な龍として認め、餌場を献上する」

龍が身をくねらせて、杯の前に来た。宇之助が杯をひとつ手にして掲げる。

「では、誓約を交わそう。違えた時は、死をもって償うのだ」

宇之助は一気に甘酒をあおった。半紙の上に杯を戻した時、もうひとつの杯はなくなっていた。

きよが目を瞬かせる。

「えっ、何で――いつの間に、どこへ消えたんだい」

「龍が持っていった」

宇之助は半紙で杯を包むと、懐にしまった。

「これで契約は成り立った」

龍はゆらめいて、ぱっと消えた。

きよが辺りを見回す。

「龍はどこへ……？」

宇之助はすずを指差した。

「小さくなって、肩の上に乗っている」

すずは左右の肩を見た。だが、何もない。手を当てても、何も感じない。もちろん重みも感じない。

「目に見えずとも、ちゃんとそこにいる。小さな姿になっても、力は強大なままだ。安心して、守られているといい」

すずはうなずいた。と同時に、体からどっと力が抜けていく。生あくびが出た。釣られたように、きよも大きなあくびを漏らす。

「今夜はひどく疲れたねえ」

宇之助が立ち上がった。

「布団を運んでくる。今夜はここで休むといい」

どこからか、リーリーと虫の声が聞こえてきた。雨戸の外には静かな夜が広がっているのだろう。

すずは目を閉じる。

星々の間を泳ぐように飛び回る雄大な龍の姿がまぶたの裏に浮かんだ。

第四話　占い茶屋たまや

鳥のさえずりが聞こえる。すずは目を開けた。室内は暗い。すぐ隣で、もぞりと何かが動いた。

「すず、起きたかい？」

きよの声だ。すずは身を起こした。ここが宇之助の家だと思い出す。

「おっかさん、おはよう。もう朝よね？」

「ああ。帰って、店開けの支度をしなくちゃ。体の調子はどうだい」

「とてもいいわ」

きよが布団から出て、窓辺に寄る。

「開けるよ」

と言いながら、きよは雨戸に手をかけて勢いよく引き開けた。

朝の光が一気に差し込んでくる。すずは目を細めて、きよの隣に並んだ。

頭上には穏やかな青空が広がっている。

風に乗って流れていく雲が、すずの目の前で少しずつ姿を変え始めた。丸い塊だった雲が横に長く伸びていき、龍のような姿になった。長い髭《ひげ》と、前足も形作られている。

すずは左右の肩にそっと触れてみた。何も感じないが、龍は確かに、すずのそばでおとなしくしているはずなのだ。雲になって飛んでいくわけではない。

その通りだと答えるように、雲は再び形を変えていく。今度は魚のような姿になって流れていった。その雲を、きよが指差す。

「あの雲、何だか痩《や》せ細った秋刀魚《さんま》みたいだねえ」

すずは思わず噴き出した。

「豆腐ぅ、とおふぅ」

窓の外から威勢のいい売り声が聞こえてくる。

とんとんと襖《ふすま》が叩《たた》かれた。

「二人とも、起きているか？」

宇之助の声だ。きよが襖を開けると、髪を下ろした着流し姿で立っていた。

「あんた、朝餉《あさげ》はいつもどうしてるんだい？」

きよの問いに、宇之助は微苦笑を浮かべた。

「大福があれば、それを食べているが——あいにく、今は何もない」

「朝ご飯に大福かい……」

きよは眉間《みけん》にしわを寄せて頭を振った。

「それじゃ、うちへ行って三人で食べよう。店で売る握り飯も用意しなきゃならないから、飯なら毎朝たくさん炊くしさ」

宇之助は面目なさそうな顔でうなずく。

「すぐに支度をしてくる」

髪を後ろで一本に束ね、茶弁慶の着流し姿になった宇之助がすぐに現れた。


通りへ出ると、町はもう忙《せわ》しなく動き出していた。

道具箱を担いだ印半纏《しるしばんてん》の男が急ぎ足で目の前を通り過ぎていく。

しぼりの浴衣《ゆかた》を片肌脱ぎにして端折《はしょ》り、腹掛をつけて向こう鉢巻きをしめているのは鰯《いわし》売りだ。「生鰯ぃ、生鰯はいらんかねぇ」と声を上げながら、天秤棒《てんびんぼう》を担いで駆けていく。

宇之助の腹が、ぐぐーっと鳴った。きよが苦笑する。

「昨夜みたいな大仕事のあとは、やっぱりお腹が空くのかねぇ」

きよの問いに、宇之助は歩きながら首をかしげた。

「腹が減るというよりは、脳が空《なずき》くという感じだな。とてつもなく頭が疲れて、甘い物が欲しくなるんだ」

きよは興味津々の目を宇之助に向けた。

「だから毎朝、大福なのかい？」

「いや、そういうわけでは――恥ずかしながら、このところ自堕落な暮らしが続いていたものでな」

「それじゃ今日は、久しぶりにまともな朝ご飯ってわけかい」

宇之助がうなずく。

「駄目だよ、まったく」

きよは宇之助の背中をばしんと叩いた。

「朝は大事なんだからね。ご飯をしっかり食べないと、力が出ないんだよ」

母親に叱《しか》られた幼子のような顔で、宇之助は後ろ頭をかいた。

福川町に入ったところで納豆売りを呼び止め、納豆汁の具を買った。叩き納豆に、青菜や薬味を合わせて売っている物だ。

たまやの前まで来ると、最福神社の鳥居が目に入った。

朝日の中で神々しくそびえ立っている鳥居を見ていると、無事に朝を迎えられたことに対する感謝の念が改めてこんこんと湧き出てくる。

「朝ご飯の前に、今生明神さまにお礼参りをしてこようかね」

きよの言葉に、すずと宇之助はうなずいた。納豆汁の具を調理場に置いて、すぐに最福神社へ向かう。

鳥居の前で一礼し、一列になって石段の端を上っていると、花のような甘い香りが漂ってきた。すずの前を歩いていたきよが足を止める。すずも立ち止まった。

「何だか、いいにおいがするねえ……だけど今、最福神社に花なんて咲いていたっけ？」

先頭を歩いていた宇之助も足を止めて振り返る。

「龍との契約が無事に成り立ったことを、今生明神も喜んでいるんだ」

宇之助が再び歩き出す。きよとすずも、そのあとに続いた。

階段を上り切ると、ちょうど宮司《ぐうじ》が通りかかった。すずも幼い頃から知っている、白髪の老爺《ろうや》だ。他の神社の宮司も兼ねており、普段は最福神社にいない。

「おはようございます」

すずときよが声をそろえると、宮司がにこやかな顔を向けてきた。

「ああ、おはよう。おや、おまえさんは――」

宮司が宇之助に歩み寄った。

「この間も来ていたな。きよさんたちの知り合いだったのかね」

「ええ、まあ」

「よく来るのかね」

「この町に出入りすることになりましたので……」

宮司が立ち去ってから、すずは宇之助に尋ねた。

「宇之助さん、もしかして、龍を祓《はら》うと決めてから毎日お参りにきていたんですか？」

だから龍と契約した時、当たり前のように「たまやを守護している今生明神にも誓わせる」という言葉が出たのではないだろうか。

「祈願も準備のひとつだからな」

嘘《うそ》ではない。

が、すべてではない気がした。

手水舎《ちょうずや》へ向かう宇之助の後ろ姿を見ながら、すずは思う。

宇之助は今生明神に詣でながら、何かに踏ん切りをつけようとしていたのではないか。

今生明神は、前世でも来世でもなく、今世に生きる者たちを見守る神なのである。

過去に囚《とら》われていた宇之助が、今を大事に生きられるよう、今生明神に祈りを捧げていたのではあるまいか……。

きよとともに手と口を清めて、すずは社殿の前に立った。

境内の隅々にまで満ち溢《あふ》れている清らかな氣《き》に、ふわりと体を包み込まれたような心地になる。

二礼、二拍手――宇之助が手を打ち鳴らした瞬間、辺りに漂っていた氣がますます澄み渡る。まるで天と地の間には何も存在していないような。我が身ひとつで神の前に浮いているような心地になった。

厳《おごそ》かな気持ちで今生明神に手を合わせると、扉の向こうに祀《まつ》られている神が優しく微笑《ほほえ》んでくれたように思えた。

すずの頭を撫《な》でるように、風が吹く。

隣にちらりと目をやると、宇之助が静かに一礼をしていた。すずも静かに頭を下げる。

すずときよが身を起こすのを待って、宇之助が歩き出した。

その背中を、明るい日差しが照らしている。

たまやに戻ると、ちょうど守屋の若い衆が蕎麦《そば》を運んできたところだった。きよが受け取っている間に、すずは大急ぎで飯を炊く。飯を炊かねば、朝食の支度も店開けの支度も整わない。

すずは火吹き竹を使って竈《かまど》の火を強くした。ふーっと長く息を吹き込んでも、これまでのように苦しくはならない。パチパチと薪《まき》の爆《は》ぜる音で、どんどん元気が増していく。

きよが鰹節《かつおぶし》を削り、出汁《だし》を取る。その芳醇《ほうじゅん》な香りが調理場いっぱいに漂って、米が炊き上がっていく途中の甘い香りと混ざり合った。

たまらなく幸せな気持ちが、すずの胸いっぱいに込み上げてくる。

やがて醤油《しょうゆ》のにおいも濃く漂ってきた。きよが蕎麦つゆの味を見ている。

炊き上げた白飯で、すずは握り飯を作った。梅干を入れて、丁寧にしっかりと握っていく。甘酒を温め、きよとともに田楽《でんがく》や団子の用意もした。

梅干を入れた握り飯と、作り立ての納豆汁に、こんにゃく田楽を長床几《ながしょうぎ》へ運び、三人で食べる。

「美味《うま》い」

湯気の立ち昇る汁椀《しるわん》を手にして、宇之助が目を細めた。

「熱い味噌《みそ》汁《しる》なんて、本当に久しぶりだ。こうして誰かと一緒に朝飯を味わうのも……」

汁椀の中を覗《のぞ》き込む宇之助の目から、ぽろりと涙がひと粒こぼれ落ちた。見てはいけないものを見てしまったような気持ちになって、すずはさりげなく目をそらす。

今、宇之助の心を占めているものは何だろう。命を落とす危険もあった夜から生還した安堵《あんど》だろうか。みふゆだろうか。父親だろうか。いや、そのすべてかもしれないと、すずは思った。

宇之助はすんと小さく鼻をすすると、納豆汁を食べ進めた。大口を開けて、握り飯にもかじりつく。

三人とも、しばし無言で箸を動かしていた。

「そういえば、龍の餌場ってどうなったんだい？」

朝食を食べ終えると、きよが裏庭のほうへ顔を向けた。

「さっき見たら、小さな水溜まりができていたけど……」

「それが餌場だ。そのうち、もう少し大きな泉になるだろう。最福神社と繋《つな》がっている御霊泉だから、大事にしてくれ」

宇之助の言葉に、きよが大きく目を見開いた。

「うちの庭に御霊泉だって⁉ それじゃ、花や御神酒《おみき》を供えたりして祀《まつ》らなくちゃならないのかい」

宇之助は平然とした顔で首を横に振った。

「汚れないよう、常に清めておいてくれればいい。もし万が一、水が濁るようなことがあれば、すぐに報《しら》せてくれ。思う存分に龍が腹を満たしても枯渇しないよう、今生明神に頼んであるからな」

すずは立ち上がり、勝手口から裏庭を見た。

確かに、庭の真ん中あたりに小さな水溜まりができている。

近寄って覗き込むと、透き通った水がまるで鏡のように青空を映していた。庭の奥に植えてある南天と八つ手の枝も映り込んでいる。

「綺麗《きれい》な水……だけど、ここが最福神社と繋がっているだなんて……」

不思議な心地だが、こうして目の前に水が湧き出ているのだから、信じざるを得ない。

すずの隣に来たきよも、じっと水溜まりを見つめている。

「今生さまが、あたしたちを守ってくださっているんだねえ」

きよは最福神社の方角へ向かって両手を合わせた。

「本当に、ありがたいことだよ」

すずも最福神社に向かって手を合わせ、深く一礼する。


がらん堂の占い処《どころ》に人が集まり始めた。

たまやを訪れて、店の片隅に占い処ができたことを知った者もいれば、おそのの一件から、がらん堂を知った者もいる。勘平が勤めている料理屋の親方が、独立する弟子の店の宣伝をする際に、占いの件も広めたのだ。

がらん堂こと宇之助は、今日も茶弁慶の衣装をまとって花札占いをしている。

「ええーっ、酒と甘い物を控えなきゃ駄目かい」

宇之助の前に座っている印半纏の男が両手で頭を抱えた。

さりげなく調理場の入口付近に立って占いを見守っていたすずは思わず、帯をしめても隠し切れていない、ぽっこりした男の腹に目をやった。

宇之助に語ったところによると、この男は左官だ。年を取るごとに太ってきて、足場へ上がるのもきつくなったという。

引退には、まだ早い。以前のように身軽になって、生き生きと働けるようになりたいのだが、いったいどうしたらよいものか占って欲しいと、宇之助の前に座ったのである。

長床几の上に置かれている札は「萩《はぎ》に猪《いのしし》」——甘い小豆《あずき》たっぷりの菓子ばかり食べていては駄目だと、宇之助は左官に告げていた。

宇之助は厳しい表情で、左官の腹を指差す。

「このままじゃ、足場に上がれなくなるどころか、歩くことさえままならなくなっちまう。死にたくなきゃ、ちっとは摂生しな」

左官は唇を引き結んで、長床几の上の器をじっと見つめた。占う前に注文した団子と汁《しる》粉《こ》と握り飯と甘酒と煎茶《せんちゃ》は、すべて空になっている。

宇之助がすずに顔を向けた。

「片づけてくれ」

「はい」

すずが器を下げている間、宇之助は左官の顔をじっと見つめていた。

「おれも甘い物が好きだから、あんたの気持ちもよくわかるがよ。体を壊すような食い方は駄目だ。さっきの甘味を食べ納めにしな」

「そんなぁ」

「一生やめろとは言わねえが、もっと体を動かして、痩せてからにするんだな」

左官は半べそをかく。

「酒と甘い物を続けても痩せられる方法がないか、もう一度占ってくれないかい」

宇之助は左官の顔の前で手を横に振った。

「占いに、都合のいい逃げ道を求めるな」

宇之助に急《せ》き立てられて、左官はすごすごと帰っていく。

「今日はこれで終わりか？」

宇之助が店内を見回すと、すぐ近くの床几で茶を飲んでいた女が立ち上がった。

「あたしも占って欲しいんだけど」

ほっそりとした背の高い女が、まっすぐ宇之助のもとへ向かう。すずよりも明らかに年上だ。

女は床几に腰を下ろすと、まず、すずを見た。

「もう一杯、お茶をくれるかい」

「かしこまりました」

茶を運んでいくと、女はすずを待っていたように口を開いた。

「あたしは、らん。おそのちゃんと同じ長屋でね。おなつちゃんのことも知ってる」

すずは顔をほころばせた。

「がらん堂さんのことは、おそのちゃんに聞いていらしたんですか？」

おらんはうなずいて、宇之助に向き直った。

「あんたの占いで、おそのちゃん一家が大団円になったんだってねえ。あたしにも、力を貸しておくれよ」

宇之助は微笑んで、おらんの目をじっと見た。

「何が何でも幸せになりたいって顔をしているなぁ」

おらんは大きくうなずいた。

「当たり前じゃないか。人は幸せになるために生まれてきているんだろう？」

宇之助は目を細めた。

「だが幸せへと続く道には、いくつもの試練が張り巡らされているかもしれねえぞ」

おらんは、ふんと鼻先で笑った。

「昔っから、試練続きさ」

宇之助はうなずく。

「だが試練なんて、いくつになっても慣れねえよなぁ。さっき別の客を占っている間も、おらんさんはずっと不安そうな目でこっちを見ていた」

おらんは、ぐっと眉根を寄せる。

「あたしが弱いって言いたいのかい」

宇之助は首を横に振った。

「いや、占っているやつの心配をしていたんだろう。あったかくて、優しい人だぜ」

おらんの頬《ほお》が、さっと赤くなった。宇之助が目を細める。

「なるほどねえ。今まで周りの面倒ばかり見てきて、甘えることに慣れていないんだな。今抱えている悩み事も、誰にも打ち明けられないまま時が過ぎて、どうにもできなくなって、占いに頼ってみる気になったんだろう」

宇之助は身を乗り出して、おらんの顔を覗《のぞ》き込んだ。

「あんた、弟か妹がいるよなぁ」

おらんが大きく目を見開く。

「何でわかるの⁉」

「おれは占い師だからな」

宇之助はしたり顔で、にっと笑った。

「話してみな。何でも聞くぜ」

おらんは唇を震わせてうなずいた。

「一緒になろうか、迷っている男がいるんだよ……」

すずはさりげなく調理場付近に控えながら、おらんの話に耳を傾けていた。

おらんが惚《ほ》れた男は彦四郎《ひこしろう》といって、古道具屋を営んでいる男だ。優しくて、気前がよくて、文句のつけようがない男だと思っていた。

「いずれ一緒になろうと言われた時は、天にも昇る心地になったよ」

すぐに所帯を持たなかったのは、彦四郎の仕事の都合もあったが、おらんのほうでも、まだ半人前の弟がもう少ししっかりしてから――という気持ちがあった。

「弟の甚太《じんた》は根付師《ねつけし》で、親方の家に住み込みで修業しているんだ」

両親を早くに亡くしてから、おらんは若い身空《みそら》で母親代わりとなって、必死に甚太を育ててきた。長屋の者たちに助けてもらいながら家事をこなして、水茶屋の茶《ちゃ》汲《く》み女として懸命に働き、甚太の奉公先を探したのである。

「さっき、あんたが言った通りさ。これまで自分のことは全部あと回しにして、弟の面倒ばかり見てきたんだよ」

相当苦労したのだろう。おらんの目には涙がにじんでいる。

宇之助は大きくうなずいた。

「おらんさん、本当によく頑張ったなぁ」

おらんは照れくさそうな笑みを浮かべた。

「おそのちゃんちにも、たいそう世話になったんだよ。よく菜を分けてもらったりしてさ。ほら、あそこんちは、おとっつぁんが腕のいい料理人だからねえ。分けてくれる菜は、いつも味がいいんだ」

おらんは昔を懐かしむように目を細めた。

「みんなのおかげで、甚太は大きくなった。今は親方にしごかれながら、根付師として一人前になろうとしている」

宇之助は微笑んだ。

「そろそろ、おらんさん自身の幸せのために、身の振り方を考える時期だな」

おらんは大きくうなずいた。

「そうなんだよねえ……そうなんだけどさ……いざ考えようとすると、どうしたらいいのかわからなくなっちまったんだよ」

おらんは訴えるように、宇之助を見た。

「彦四郎さんしか考えられないと思ってたんだけど、本当に彦四郎さんでいいのかと悩み始めちまってさ」

宇之助は、じっとおらんの顔を見ている。

「いい男だと思っていたんだけど、この頃、気になるところが出てきちまってねえ」

おらんは、うつむいた。膝の上で両手をもじもじと動かし始める。

「あたしも年増《としま》だし、今さらあせってもしょうがないからさ。ここで、じっくり考えなきゃいけないと思ってるんだ。彦四郎さんと一緒になったあとで後悔しても嫌だからね」

おらんは、ふうっと息をつく。

「周りを見るとさ、狭い長屋に住んでいながらも、心から幸せそうにしている女衆が多いんだよ。彦四郎さんと一緒になれば、あたしは貧乏長屋を出ていって、古道具屋のおかみさん——きっと今より、いい暮らしができると思うよ」

嘘だ。

すずは調理場の入口付近から、おらんの目をじっと見つめた。

「あたし、幸せになってもいいんだよね」

自信なげに首をかしげるおらんに、宇之助は笑いかけた。

「当たり前じゃねえか。おらんさんは幸せになるために生まれてきているんだぜ」

宇之助は探るような目で、おらんの顔をじっと見つめた。

「うーん、彦四郎が他に女を作ったたってわけじゃねえよなぁ」

「女の影なんて感じたことはないよ」

即答したあとで、おらんが言い淀《よど》んだ。

「だけど——」

おらんは、しばし無言になる。宇之助も黙っていた。しんと静まり返る占い処を取り囲むように、茶屋の客たちのざわめきが大きくなる。

「おおい、姉さん、団子と茶をくれ」

表口に立った客が、すずに手を振りながら空いた長床几へ向かう。

「かしこまりました。少々お待ちくださいませ」

すずは調理場へ入って茶を淹《い》れ、団子とともに長床几へ運ぶ。

「姉さん、ごちそうさん。金はここに置いておくぜ」

「はい、ありがとうございました」

長床几の上の茶代と、空いた器を片づけて、すずは再び調理場の入口付近に控えた。占い処では、まだ沈黙が続いている。

「おらんさん、ここでは我慢しなくていいんだぜ。何でも話していいんだ」

宇之助が口を開いた。うつむいていたおらんが、はっと顔を上げる。

「おらんさんを傷つける者は、ここには誰もいねえ」

おらんは唇を引き結んで、今にも泣き出しそうな顔になった。

「この頃、彦四郎さんが怖いんだ……」

おらんは自分を抱きしめるように、両手で両腕をつかんだ。何をどこからどう話したらよいのか迷っているように、目を泳がせる。

「この間、甚太が大きな仕事をもらったって大喜びしてたんだ。それで、あたしも嬉《うれ》しくなってさ」

おまえに目をかけてくれるお客ができたのかいと、おらんは上機嫌で話を聞いた。

「そうしたら、親方から任された仕事じゃないって言うんだよ」

親方が何も知らないところで仕事を引き受けるなんてまずいだろうと、おらんはあせった。勝手な真似《まね》をして破門にでもなったらどうするんだと意見しても、甚太は「大丈夫」の一点張りだ。

破門になったらどうしようと、彦四郎に相談すれば、「何で、弟のいい話を喜んでやれねえんだ」と、驚くほど不機嫌になられた。

「その日は、たまたま機嫌が悪かったのかもしれないと思ったんだけど――」

次に彦四郎と会った時、やはり親方を通さない仕事など断るよう、もう一度弟を諭したと告げたら、今度はものすごい剣幕で怒り出した。

「弟の成長を邪魔するつもりかって怒鳴って、それから――」

おらんは再び口をつぐんで、両手を頬に当てた。

口を挟まずに話を聞いていた宇之助が眉間にしわを寄せた。

「殴られたんだな？　張り手で二発か」

おらんは、びくりと身をすくめた。慌てたように頬から手を離して、頭を振る。

「彦四郎さんは、あたしからいつも甚太の話を聞いているからさ。ものすごく肩入れしてくれてさ。それで心配するあまり、つい、かっとなっちまったんだと思うんだよ」

おらんは必死の形相になって、彦四郎をかばい出した。

「ほら、男同士だからさ。きっと弟の出世とか、いろいろ考えてくれたんだろうよ」

おらんは落ち着かない様子で、着物の袖をいじり出す。

「こんな時、おとっつぁんが生きていたら何て言うだろうって、あたしもあれこれ考えたんだけど、やっぱり女だからよくわからなくて」

「おらんさん」

宇之助は目を細めて、おらんをさえぎった。

「だからといって、女に手を上げる男はいけねえ」

忙《せわ》しなく動いていたおらんの手が、ぱたりと止まる。おらんは袖をぎゅっと握りしめてうつむいた。

「うん——そうだよねえ」

だから先日「そろそろ一緒になろう」と言われても、すぐに「はい」と言えなかったのだと、おらんは小声で打ち明けた。

「また乱暴な態度に出られたらどうしようかと思うと、怖くて、何も言えなくなっちまったんだ。返事を先延ばしにするのが精一杯でさ」

宇之助はうなずく。

「おらんさん、それは無理もねえぜ」

宇之助は、じっとおらんの目を見つめる。その視線に押されたように、おらんの口から新たな話がこぼれ落ちた。

「彦四郎さんの店じゃ、このところ奉公人が頻繁に入れ替わっているらしいんだよ」

使い物にならないやつが多くて困っている――彦四郎はそう嘆いて、奉公人たちに次々と暇を出していると聞いた。店の内情が落ち着かないから、彦四郎の心身は相当な負担を感じている――彦四郎の愚痴から、おらんはそう判断していた。

「だけど、はっきりした事情はわからないんだよ。新しく来た奉公人の行儀作法がなっていないとも聞いたから、店にいらっしゃるお武家さまにご無礼を働いたりして、彦四郎さんは相当いらいらしていたのかとも思ったんだけど――」

腑《ふ》に落ちないと言いたげに、おらんは眉根を寄せている。仕事のことでいら立っているからといって、自分にあんな態度を取るだろうかと思っているような表情だ。

「次に彦四郎と会った時、何か面白いことはあったかと聞いてみな」

宇之助の言葉に、おらんは「え？」と目を瞬《また》かせる。

「何だい、藪《やぶ》から棒に」

「世間話さ。『仕事はどうだい、何かいいことがあったかい』って聞いてみりゃいいんだ」

「う、うん」

首をかしげるおらんを見ながら、すずも首をかしげる。

今の話からすると、明らかに、彦四郎の仕事は上手くいっていないのに。「何かいいことがあったかい」なんて聞いて、どうなるのだろうか。

宇之助は澄ました顔で、さっと懐から小箱を取り出した。

「さて、それじゃ、そろそろ占いを始めようか」

手際よく花札を切ると、宇之助は絵柄を伏せたまま長床几の上に広げる。

「おらんさんが所帯を持てる日は、いつ訪れるのか――札に聞くのは、それでいいかい？」

おらんは大きくうなずいた。

「いつ幸せになれるのかわかっていたら、それまでは石にかじりついても耐えようと思えるよ」

宇之助は、おらんの目をじっと見つめる。

「だが、占いがすべてじゃねえんだぜ。どんなに明るい未来が占いで出たって、おらんさんがどう生きるかによって将来は変わる。逆も、またしかりだ」

おらんは覚悟を決めたような顔で顎《あご》を引いた。

「わかった。何がどうなっても、占いのせいにはしないよ」

宇之助は微笑んだ。

「安心しな。占いは、きっと、おらんさんの心の支えになってくれるはずだぜ」

おらんは胸の前で両手を握り合わせた。もぞりと動いた手の指は、すがりつく何かを探しているようだと、すずは思った。

心の支えになってくれるはずだぜ——占い師にそう言われた時、おらんはいつの間にか自分の両手を握り合わせていた。これまで自分を支えてくれていたものは、いったい何だったんだろうかと思う。

自分の手だけが、自分を守る武器だったのかもしれない。

両親が火事で死んだ時も弱音を吐けなかった。火事が多い江戸で、身内を亡くしたのは自分だけじゃない。

それに何より、甚太がいたから。

自分が強くなって、甚太を育てていかなければならなくなったから。

誰かに頼ることを考えるよりも、甚太を支えて生きていかねばならないと思った。

それでも長屋のみんなには助けられてきたから、頼る人が皆無だったとは言えない。自分は周りに恵まれているのだから、感謝しなければならないと思った。

弱音なんて吐けない。吐いちゃいけない。

不平不満を漏らさないように歯を食い縛って、必死に生きてきた。

水茶屋の女将《おかみ》さんは、とてもいい人だ。おらんが何も言わないのに、店を閉めたあと時折「そこへ座んな」と言って、美味しいお茶を淹れてくれる。

——今が踏ん張り時だよ、おらん。お茶飲んで、甘い物でも食べて、元気を出しな。そうやって歯ぁ食い縛って頑張っていたら、そのうちあんたもお客さんの心をなごませられるお茶が淹れられるようになるからね——。

女将さんの淹れるお茶はいつも、おらんの心身に優しく染み込んだ。

平気な顔をしていても、本当は、どうやって甚太を一人前にしたらいいのかわからず途方に暮れていたのだ。

女将さんが、あたしを見てくれている。ちゃんと、わかってくれている——そう思うと、たまに茶汲み女目当てでやってくる、すけべ爺《じじい》の相手も、そつなくできるようになった。

といっても、おらんが勤める店では茶汲み女に色など売らせていない。茶碗を受け取るふりをして手を握ってきたり、隙《すき》あらば尻を撫《な》でてこようとする客がいるくらいである。

我慢して触られ続け、陰で泣くのはもうやめた。時折深川からやってくる辰巳《たつみ》芸者の姐《ねえ》さんみたいに威勢よく、触られる前に「ふざけるんじゃないよ、この野暮天が！」と手を叩き落としてやるようになった。毅然《きぜん》と顔を上げて仕事をしているうちに、ちょっかいを出してくる客も減っていった。

けれど水商売を馬鹿にする者はまだ多く、「もっとまっとうな勤め先を探します」と言って辞めていく茶汲み女もいる。

それでも、おらんは水茶屋の仕事が好きだった。

いつか、女将さんのように美味しいお茶を淹れられるようになりたい――そう思って励んでいたら、「おらんさんのお茶を飲みにきたよ」と言って通ってくれるご贔屓《ひいき》もできた。男だけでなく、女の馴染《なじ》み客ができた時は嬉しかった。純粋に仕事ぶりを認めてもらえたのだと自信がついた。

それなのに、彦四郎は「一緒になったら、水茶屋の仕事は辞めろ」と言う。

ああ、そうか――彦四郎と所帯を持つことに躊躇《ちゅうちょ》した理由はここにもあったんだと、おらんは改めて思う。

おれの女房になったら、もう茶汲み女なんかやっていられるわけないだろう――そう言った時の彦四郎の顔には、茶汲み女に対する侮蔑《ぶべつ》があった。見ないふりをしていたけれど、もう無視はできない。

おらんは長床几の上に広げられた花札をじっと見つめる。

「どうしよう……」

思わず呟《つぶや》けば、占い師は優しく「どうした？」と問い返してくる。

おらんは顔を上げた。

「彦四郎さんとの未来はないって答えが、あたしの中に、もう出てしまってる」

占い師は優しく微笑んで、うなずいた。まるで最初からわかっていたような表情だ。

占い師はまだ札を引いていない。

「やめておくかい？」

おらんは顔をゆがめた。「うん」とも「ううん」とも、すぐに言葉が出てこない。

彦四郎との未来はないとわかっているのに、すっぱりと断ち切れない自分がいる。

「情けない……」

おらんは声をしぼり出した。

「踏ん切りをつけなきゃいけないって、頭ではちゃんとわかっているのに——一人になると思うと、たまらなく怖いんだよ」

「そりゃあ、おらんさんがこれまで頑張ってきた証《あかし》さ」

占い師は優しく目を細めている。

「彦四郎に出会うまで、おらんさんは『強くあらねば』と自分に言い聞かせて生きてきたんだろう？　彦四郎に会って、やっと心底から、誰かに甘えることを覚えたんだよなぁ」

彦四郎に初めて抱きしめられた時の心地よさが、おらんの胸によみがえってきた。

そうだ、確かに、甘えるということがこんなに心地よいものだと、あの時おらんは初めて知った。

惚れた男の腕の中は温かくて、安心できて、うっとりした。

「おらんさんは、ちょいと一人で頑張り過ぎちまったんだよ」

ぽろりと涙が目からこぼれ落ちた。

「彦四郎さんも、同じことを――」

あの時は、確かに、優しかったのだ。

だから彦四郎には何でも話せた。甚太の話も、親身になって聞いてくれた。「弟と一緒に食べな」と言って、よくいろんな菓子を差し入れてくれたりもした。

高級な菓子だったから嬉しかったんじゃない。その心遣いが、嬉しかったのだ。

「どうする？」

占い師が問うてきた。

「幸せになりたい……だけど、どうしたらいいのかわからないの」

「うん」

「だから札に聞いてちょうだい」

「わかった」

頼ってもいいんだぜ――占い師の目は、そう言っているように見えた。

❀

札を引いてくれと頼んだ直後のおらんは、ほっと肩の力を抜いたように、すずには見えた。

宇之助は左手の人差し指をぴんと立てて額の前にかざすと、静かに瞑目《めいもく》した。そして目を開けると、長床几の上に広げられた札の中から一枚を左手で選び取る。

表に返された札が、おらんの前に置かれた。

「菖蒲《しょうぶ》――」

宇之助は札を手にして、じっと見つめた。

「ふうん……おらんさんが所帯を持つのは二年後だな」

「二年後⁉」

がっかりしたように、おらんは肩を落とした。

「ずいぶん先の話なんだねえ。あたしはもう年増だけど、子供はどうなるんだろう。あたしの年じゃ、もう二、三人は子供がいてもおかしくないんだけど」

宇之助は目を細める。

「子宝にも恵まれるはずだが、その前に、もうちょっとだけ頑張らなきゃならねえな。といっても、苦労だけを背負い込むわけじゃねえ。楽しいと思えることもあるはずだ」

「楽しいこと……」

おらんは、ぼんやりと宙を眺めた。

「今のあたしが楽しいのは、お客さんと笑いながら話をしている時だけさ」

宇之助が札とおらんを交互に見やる。

「おらんさんは、人と接するのが好きだよな」

「水茶屋の仕事しか知らないからさ」

「だけど同じ仕事をずっと続けてこられたのは、たいしたもんだぜ」

宇之助はまっすぐに、おらんの目を見た。

「みんながみんな、できるってわけじゃゃねえ」

おらんは照れたような笑みを浮かべる。

「まあねえ。すぐに辞めちまう子も確かにいるねえ」

「好きな仕事は辞めないほうがいいと思うぜ」

おらんの肩が、びくりと跳ねた。

「今の仕事……所帯を持っても続けられる？」

宇之助は大きくうなずいた。

「おらんさんは、人の痛みがわかる人だ。だからこそ、相手を思いやる、深い味わいの茶が淹れられる。おらんさんが客と笑いながら話している時、きっと相手も心底から楽しんで笑っているんだろうよ」

おらんは札の絵をじっと見つめた。

「二年後には、店を辞めなくてもいいって言ってくれる人と、ちゃんと幸せになれているのかな……」

宇之助は口角を引き上げた。

「そいつは二年後のお楽しみだ。今はまず――おれんとこに弟を連れてきな」

おらんが「えっ」と顔を上げる。宇之助は真剣な表情でうなずいた。

「おらんさんの幸せには、やっぱり弟の存在も大きく関わっているみたいだな。今回の件と弟のことは、ひとまとめにして占ってやるよ」

次に弟を連れてくる時には、「何かいいことがあったかい」と聞いた時の彦四郎の様子も教えるようにと、宇之助はつけ加えた。

おらんは戸惑い顔になる。

宇之助は、にっこり笑った。

「なあに、悪いことにはならねえよ。どうしたら弟の仕事が上手くいくか、こいつに聞いてみるってだけの話さ」

宇之助が長床几の上に伏せてある花札を指すと、おらんは安堵したような笑みを浮かべて、明日の夜にまた来ると約束した。

手つかずのまま置かれていた茶を一気にあおって帰っていくおらんの足取りは、先ほど占い処の前に歩み出てきた時よりも、ずいぶん軽やかになっていると、すずは思った。

翌日の夜になって、おらんが甚太を引っ張ってきた。

「もう店じまいの時分だってのに、ごめんよ。この子の仕事が終わるのを待っていたら、すっかり遅くなっちまった」

おらんに促され、ひょこっと頭を下げたのは、見るからに気の弱そうな男である。おらんと同じくほっそりしているが、背は低い。

すずは二人に笑いかけた。

「こちらのことは、お気になさらず。奥へどうぞ」

おらんは右側の床几にどっかり腰を下ろすと、自分の左側にある床几をぽんぽんと軽く叩いた。甚太が無言で座る。

「あたしはお茶で、この子は――」

「甘酒」

「かしこまりました」

茶と甘酒を運ぶと、すずは暖簾《のれん》をしまった。おらんがすずに顔を向けて「悪いねえ」と頭を下げる。すずは首を横に振った。

「ごゆっくりどうぞ」

にこやかに微笑んで、すずはさりげなく調理場の入口付近に控えた。

甘酒に口をつけようとしている甚太の脇腹を、おらんが肘《ひじ》で小突く。

「先に話しな」

宇之助がすかさず「まあ、まあ」と口を挟む。

「甚太さんは仕事で疲れてんだろう？　まずは一杯ぐびっとやってくんな」

「はあ……すんません」

甚太はぺこりと頭を下げて茶碗に口をつけた。ちびちびと飲んで、茶碗を長床几の上に置く。

だが一向にしゃべろうとしない。おらんが再び甚太を小突いた。

「早く話しなって」

甚太が眉尻を下げる。

「何を、どう言えばいいんだよ」

おらんが眉を吊り上げた。

「あたしに言ったことを、そのまま全部言えばいいんだよ。どんどん話を進めないと、たまやさんにだってご迷惑じゃないか。もう暖簾を下ろしてるんだからさ」

甚太が唇を尖《とが》らせる。

宇之助が甚太に向かって、ぐっと身を乗り出した。甚太は一瞬ぎょっとしたような顔になって腰を引く。

「ずいぶんたくましい手だなぁ。熱心に修業してるんだろう」

「えっ。ああ、まあ――」

甚太は座り直すと、長床几の上に両手を出して、照れくさそうに笑った。

「毎日ずっと鑿《のみ》を握っていると、こうなるのさ」

宇之助が、はあっと感嘆の息をつく。

「体はひょろんとしてるのに、手は大きいよなぁ。親方たちも、みんな同じような感じなのかい？」

甚太は首を横に振った。

「親方の手は、もっとごつごつしてるよ。体もがっちりしててさ」

「へえ」

「いい作品を生み出すために、もっと体を鍛えろって、親方はいつもうるさいんだ。おれは痩せてて体力がねえから駄目だってな。親方と比べりゃ、たいていの男はみんな痩せてるってことになっちまうんだけどよ」

宇之助はうなずく。

「根付みてえな小さい物に、繊細な細工を施していくんだもんなぁ。気ぃ張って、目ぇ疲れて、がんがんに肩も凝るだろう」

甚太は大きくうなずいた。

「やっぱり体は大事だよなぁ」

「そりゃ、まあ——親方の言うことも、もっともだけどよ。おれにだけ特に厳しいんだ」

「それだけ期待が大きいんじゃねえのかい」

甚太は顔をしかめる。

「んなこたぁねえよ。兄弟子たちには優しいって聞いたぜ。たまに酒を飲みに連れていってもらってるんだってさ。……おれは誘ってもらったことねえけどな」

甚太はすねたように唇を尖らせた。

「兄弟子たちも、おれには同情してるんだ」

口が重いのは最初だけで、一度打ち解けると、どんどんしゃべる性分らしい。

宇之助は感心したようにうなずいて、甚太の顔を覗き込んだ。

「甚太さんは、兄弟子たちから可愛がられているんだなぁ」

「まあね」

甚太は得意げに胸を張る。

「弟分として面倒を見てくれる人は、他にもいるよ。おれの作った根付を見て、素晴らしい出来栄えだと褒めちぎってくれてさ。おれのよさがわからないなんて、親方の目は節穴だって怒ってくれたんだ」

おらんは眉根を寄せて、甚太を見やる。

「親方は、いい人なのに――」

「姉ちゃんは黙っててくれよ」

甚太がおらんをさえぎった。

「おれはもう立派な大人なんだぜ」

おらんが悲しげに唇を引き結ぶ。甚太は決まり悪そうにうつむいた。

「おれだって、いつまでも姉ちゃんのお荷物になっているわけにはいかねえんだ。一日も早く、姉ちゃんを楽にしてやりたいんだよ」

甚太は拳を握り固めると、気を取り直したように顔を上げて宇之助を見た。

「実は、岡友《おかとも》って根付師の作品を真似て作ってくれと、ある人に頼まれていてね」

甚太の話によると、依頼主は根付などを扱う店の主だった。

――名のある根付師の品として、贋作《がんさく》が世に出回ることもある。当店では本物しか扱っていないと自信を持って客に勧めるためにも、奉公人たちの目を養うことは必要だ。本物と偽物を見分ける修業をさせるため、出来のよい贋作が欲しい――。

だから力を貸してくれと、依頼主は甚太に頭を下げたという。

「出来がよけりゃ、言い値を払うと言ってくれたんだ」

おらんが頭を振った。

「大きな仕事とは聞いていたけど、贋作だなんて、そんな」

甚太はおらんに向き直った。

「その仕事が認められれば、次は、おれの名前で作品を売ってくれる約束なんだよ」

おらんは頭を振り続ける。

「嘘に決まってるじゃないか、そんなの。あんた、騙《だま》されているんだよ」

おらんは両手で甚太の両腕をつかんだ。

「八丁堀の旦那にお知らせして、お縄にしてもらおう。このままじゃ、とんでもない悪事に加担させられちまうよっ」

甚太はぐるりと手首を回して、おらんの両腕をつかみ返した。

「姉ちゃん、大丈夫だから落ち着いてくれよ。これまで黙っていたんだが、実は、その仕事をおれに頼んできたのは彦四郎さんなんだぜ」

「え……？」

おらんの顔から表情が抜け落ちた。甚太はそれに気づかぬ様子で、しゃべり続ける。

「姉ちゃんの惚れた男が、おれに悪事を働かせようとなんてするもんか。彦四郎さんと姉ちゃんが所帯を持てば、おれは彦四郎さんの本当の弟になるんだぜ」

おらんは口を半開きにしたまま、ぼんやりと甚太を見ている。何が起こっているのかわからない様子だ。

甚太は明るく笑った。

「驚いたかい。彦四郎さんはたまに、おれを飲みに誘ってくれてたんだぜ。男同士、積もる話がいろいろあってよ」

出会ったのは、行きつけの居酒屋だった。甚太が一人で酒を飲んでいると、ある日突然、彦四郎が声をかけてきたのだ。

――ひょっとして、おまえさんが甚太かい。おらんの弟だろう？　おらんとよく似ているから、すぐにわかったよ――。

彦四郎は人のよさそうな笑みを浮かべて、甚太と一緒に飲み始めた。

散々おごってもらい、恐縮する甚太に、彦四郎は「気にするな」と言ってまた笑った。

「ものすごく感じのいい人だと思ったよ。穏やかで、きっと姉ちゃんにも優しくしてくれているんだろうなって、安心した」

――おごってもらったなんてよけいなことは、おらんに言わなくていい。おらんとわたしが一緒になれば、おまえさんはわたしの弟だ。気を遣うなんて、寂しいことはしないでおくれ――。

彦四郎は仕事の相談にも乗ってくれた。

親方に叱られてばかりだと愚痴をこぼせば、甚太が作った根付を見て「天賦《てんぷ》の才があるのだから、めげるな」と励ましてくれた。

「彦四郎さんは古道具屋を営んでいるから、値打物をよく知ってるんだ。あの人は本物の目利きだよ。根付にも詳しくってさぁ」

甚太は嬉しそうに続ける。

「親方は、自分が彫った物を見せてはくれるけど、絶対に真似るなって言うんだ。ちょっとでも似せて作ると、激怒して、拳骨を食らわせてくる」

彦四郎にその話をしたら、親方は甚太を怖がっているんだと断言した。

「おれにはとんでもねえ才があるから、追い抜かされるのを恐れてるんだってさ」

甚太が無邪気に笑う。おらんは顔を強張《こわば》らせている。並んで座っている二人の表情があまりにも違い過ぎて、すずの胸が痛んだ。

「だけど真似るったって、限度があるだろう」

宇之助が口を挟んだ。

「そっくりそのまま同じように作れるわけじゃねえよなぁ」

「いや、できるさ」

甚太は胸を張って、きっぱりと言い切った。

「熟練の技が詰まった作品を真似るのは骨が折れるが、いい修業になるぜ」

宇之助は首をかしげて甚太を見やる。

「だけど職人の癖ってもんがあるだろう？　いくら何でも、見分けがつかねえくらいの出来に仕上げるってのは無理だろう」

「難しいが、できねえわけじゃねえ」

言い張る甚太に、宇之助は首をひねる。

「信じられねえな」

甚太は長床几に手をついて身を乗り出した。

「本当だってば。素人には絶対に見分けがつかねえくらい、そっくりに作れるんだぜ」

宇之助も身を乗り出して、甚太に顔を寄せる。

「作品に銘が入っていれば、それもそっくりに真似られるのか？」

「ああ、できるぜ」

「ははーん、そいつはすごいな」

宇之助は居住まいを正すと、意味深長な目をおらんに向けた。

「この間おれが言ったこと、彦四郎に聞いたかい？」

おらんは表情を硬くしてうなずいた。

「今日の昼間、彦四郎さんの店へ行ってみたんだよ。水茶屋の仕事を、ちょいと抜けさせてもらってさ。『やっと茶汲み女を辞める気になったのか』って上機嫌になったから、さりげなく聞いてみたんだ」

――彦四郎さん、何かいいことでもあったのかい？　仕事で面白いことがあったのかねえ――。

「そうしたら、急に顔を強張らせてさ」

店にいた客が怖がって出ていってしまうくらい、彦四郎はものすごい剣幕で怒り出した。

――何で、そんなこと聞きやがるんだ。おれに何があったって、おめえには関わりのねえこった。よけいな口出しをしやがったら承知しねえぞ――。

吊《つ》り上がった目はひどく殺気立っていたと言って、おらんは肩を震わせた。

宇之助が、おらんの顔を覗き込む。

「乱暴な真似はされなかったか？」

おらんはうなずいた。

「水茶屋に戻らなきゃならないんだって言って、すぐにその場を離れたから、今回は大丈夫だったよ。追いかけてまではこなかった」

宇之助は、ほっと息をついた。

「そいつはよかった――彦四郎ってやつは、やっぱり後ろ暗いところがあるんだな」

「間違いないよ、がらん堂さん。あんたの言った通りにしてみて、よくわかった」

甚太が怪訝《けげん》そうな顔で、おらんと宇之助を交互に見やる。

「いったい何の話をしてるんだ。彦四郎さんに後ろ暗いところがあるって――」

おらんは顔をゆがめて、甚太の肩を揺さぶった。

「あの男は、あんたに贋作を作らせようとしているんだよ！」

「はあっ？」

おらんは立ち上がると、握り固めた拳で自分の腿を打った。

「何が真似だ。奉公人たちの目を鍛えるためじゃなくて、客の目をあざむいて儲《もう》けようって魂胆だったのさ」

おらんの目から、涙がぽたぽたとこぼれ落ちる。

「甚太の腕を認めてるんじゃない。都合よく使えそうな馬鹿だから、おだてて調子に乗せてたってだけの話だよ！」

甚太も立ち上がって、険しい顔でおらんを見つめる。

「何言ってんだよ、姉ちゃん。彦四郎さんを信じられないのかよ⁉」

「ああ、信じられないね」

おらんは涙に濡《ぬ》れる顔で甚太を睨みつけた。

「あの野郎、あたしに手を上げるだけじゃなくて、あたしの大事な弟にまで手を出しやがって――」

甚太は顔を強張らせた。

「彦四郎さんが、姉ちゃんに手を上げた……？」

とても信じられないと言いたげな甚太の顔に向かって、宇之助が人差し指を突き出す。

「座りな。彦四郎がどんな男かってことを、しっかり聞くんだ」

呆然《ぼうぜん》と立ちつくす甚太が一歩後ろに下がった。そのままよろけて転んでしまうのではないかと、すずは思った。

座りなと言った占い師の声は、甚太の耳にちゃんと届いていた。けれど、体が動かない。ふらついて転びそうになったが、何とか踏ん張った。

「座りな」と、占い師がくり返す。今度はすんなり体が動いて、甚太は床几に腰を下ろした。何が何だか、わからなくなってしまった。

「親方の知らないところで仕事を受けるなんて筋が通らないって話をしたら、あの男に引っ叩《ぱた》かれたんだよ。二発もね」

おらんの言葉に、甚太は頭を振った。

「嘘だ。何で、彦四郎さんが――」

そんな男じゃないだろうと言おうとしたが、声が出なかった。口の中が、からからに乾いている。さっき甘酒を飲んだばかりなのに。

「ねえ、がらん堂さん、あたしはいったいどうしたらいいの？」

おらんは胸の前で両手を合わせて、拝むように占い師を見ている。

「このまま会わずにいたら、あたしも甚太も、あの男と縁が切れる？　一緒になるって話なんか、なかったことにできるよねえ？」

占い師は厳しい眼差《まなざ》しで首を横に振った。

「きっと彦四郎は、おまえさんたち二人に執着し続けるだろうよ。甚太さんには贋作を作らせて、おらんさんにも何かしら裏の仕事を手伝わせようとしているに違いねえ」

「そんなっ」

おらんは悲鳴のような声を上げた。

「女のあたしに何ができるっていうのさ」

「女がいたほうが、相手も油断するだろう」

占い師の声が淡々と響く。

「それに何よりも、おらんさんを手中に収めておけば、甚太さんが逃げられなくなるからな。そして甚太さんを繋ぎ止めておけば、おらんさんも絶対に彦四郎から離れられねえ」

甚太は再び激しく頭を振った。二人の話が呑《の》み込めない。目の前にいる占い師に、姉は騙されているのではあるまいか。

昨日、突然、甚太の仕事場までやってきて「明日の夜、仕事が終わったら占い処へ行くからね」と言った時の姉は、いつもと変わりなく見えた。

何で占い処なんかへ行くんだと聞いたら、あんたの大きな仕事が成功するにはどうしたらいいか占うんだよと言って、笑っていた。

昔から、姉にはそういうところがある。

気が強くて、誰かに頼ることなど恥だと思っているような顔をしているくせに、心配性で、人目を忍んで長屋のお稲荷《いなり》さんに油揚げを供えて祈っているのだ。

祈るのは、甚太のことばかり。

――甚太が風邪を引きませんように。甚太が親方に可愛がられますように。甚太が大成しますように。甚太が、甚太が――。

ぶつぶつ唱えている後ろ姿を、こっそり覗き見てしまったのだ。

親方のもとに住み込みで修業している弟が、姉の様子を見にきたものの、声をかけられずにそのまま帰ってしまったことが何度もあったなんて、おらんは今でも知らないはずだ。

おらんにとって甚太は、いつまでも小さな子供で、弱みを見せられる相手ではないのだ。

だから彦四郎みたいな大人の男が姉を支えてくれていると知った時は、心底からほっとした。

姉には幸せになってもらいたい。

両親を火事で亡くしてから、母親代わりになってくれた姉が、自分のためにさまざまなものを犠牲にしてきたことは、甚太もよくわかっている。

だから早く一人前になって、姉を安心させてやらねばと、あせっていた。

彦四郎からの依頼は渡りに船で、これで自分の腕が認められて、金も手に入ると思った。

何よりも、姉の惚れた男の頼みだ。いつもおごってもらって、甚太も世話になっている。

断ることなど考えられなかった。

姉と彦四郎が夫婦になって、幸せな家族を作ることを、甚太は固く信じていた。

たまに姉夫婦の家に泊まらせてもらって、三人で仲よく酒を酌《く》み交わしたりなんかして
——そのうち、甥《おい》っ子か姪《めい》っ子ができたら、うんと可愛がってやろう——などと、楽しく想像していたのである。

それなのに。

彦四郎は姉に手を上げて、甚太に悪事を働かせようとしていた——。

甚太は唇を噛《か》んだ。

占い師はともかく、姉がそんな嘘をつくはずがない。

彦四郎は、姉を叩いたのだ。甚太の大事な姉を。

甚太は両手の拳を握り固めた。怒りで、ぶるぶると体が震える。

「ふざけるんじゃねえよ、ちくしょうっ」

甚太は胸の前で拳を何度もぶつけ合わせた。ごつん、ごつんと鈍い音が響く。指の骨と骨が激しくぶつかり合って、両手に痛みが走った。

それでも甚太は手を止めない。

姉ちゃんを、守れなかった——。

「甚太、おやめっ。根付を作る大事な手じゃないか」

おらんが甚太の手を握りしめる。

華奢《きやしや》な手だ。

甚太が幼い頃、大きいと思っていた姉の手は、いつの間に、こんなに小さくなっていたのだろうか。今のおらんの手では、甚太の手をすっぽり包み込むことなどできやしない。

甚太はそっとおらんの手をほどいて、逆に握りしめた。

「駄目だな、おれは……いつまでも半人前でよぉ」

立派な商売人に、職人としての腕を認められたと思い込み、浮かれてしまっていた。

「あいつの嘘に、まんまと踊らされちまってたなんて――」

「甚太さんに才があると言ったのは、嘘じゃなかったはずだぜ」

占い師を見れば、意外にも優しい目で甚太を見ていた。

「彦四郎が本物の悪党であればなおさら、すぐに足のつくような、どじは踏まねえ。甚太さんなら絶対に贋作とばれない品を作れると、やつは判断したんだ」

甚太は自分の手を見つめた。姉の手を包み込んでいる自分の手が、いつもより少しだけ大きく感じる。

「それだけの実力を、親方がきちんとつけてくれたんだぜ」

その言葉に、親方の顔がぶわりと大きく浮かび上がってきた。

――おい甚太、うぬぼれるんじゃねえぞ。長年苦労して積み上げてきたものでも、一度崩れると、あっという間に落ちちまうんだからな――。

もとに戻れなくなったやつを何人も見てきたと、親方は語っていた。

親方の昔の弟子の中にも、道を踏み外した者がいたらしいと言っていたのは、最年長の兄弟子だ。

どちらが次の仕事の注文を受けるか競い合っていた弟子同士が揉《も》めて、負けたほうが出ていってしまったというのだ。二人は切磋《せっさ》琢磨《たくま》し合う、いい間柄だったと、周りのみんなは思っていたのに。選ばれなかったほうは、自分の力不足を認められずに荒れて、酒浸りになり、親方に悪態をついて去っていったという。

すっかり落ちぶれてしまったその男が湯屋で働いているのを見た者がいると、兄弟子は言っていた。

「きっと親方は、兄弟子たちから甚太さんが妬《ねた》まれないように気も遣ってくれているんだ。だから兄弟子たちだけ飲みに連れていくんだろうよ」

占い師は訳知り顔で甚太を見た。

「男の嫉《しっ》妬《と》も、なかなか怖えもんだからなぁ。弟子の中で一番才があるやつを、人目もはばからずに猫っ可愛いがりしたら、どうなると思う？」

黙り込んだ甚太に、占い師は笑いかける。

「ちょっとしたきっかけで、誰がどうなるかはわからねえ。一流になるためには、手先の技を覚えるだけじゃ駄目なんだぜ。自分を律する心も鍛え続けなきゃならねえんだ」

親方と同じことを言っている――。

占い師の眼差しは、勝負師のように鋭かった。

まるで命懸けの修羅場をくぐり抜けてきたような――。

甚太の背筋が、ぞくりと震えた。こいつは本物だと、わけもなく思った。

「で、どうするんだ、甚太さんよ。男を上げる気はあるのかい？」

占い師の眼光に気圧《けお》されて、甚太はごくりと唾を飲んだ。

「あ……あります」

占い師は鷹揚《おうよう》にうなずくと、懐から小箱を取り出して甚太の前に掲げた。

「じゃあ今すべきことは何なのか、札に聞いてみるかい」

占い師の澄んだ目が、まっすぐに見つめてくる。甚太は背筋を伸ばした。

やれることがあるなら、何でもやってやる――今度こそ間違わずに、おれは姉ちゃんを守らなきゃならねえんだ。

「お願いします。おれはもっと強くなりてえ」

甚太の言葉に、占い師は満足そうに目を細めた。

❀

強くなりたいと言った甚太の顔つきが、ぐっと凛々《りり》しくなったように見えて、すずは目を瞬かせた。つい先ほどまで、しっかり者の姉と頼りない弟だった二人の立場が、このわずかの間に少し変わったように感じる。

宇之助は手際よく切った札を、絵柄を伏せたまま長床几の上に広げた。

左手の人差し指をぴんと立てて額の前にかざし、静かに瞑目する。そして目を開けると、川のように広がっている札の中から一枚を左手で選び取った。

表に返された札が、甚太の前に置かれる。

「松に鶴――」

宇之助は札をじっと見つめた。

「ああ、やっぱり……甚太さんと親方の間には深い縁があるなぁ……何度生まれ変わっても巡り合うような間柄だぜ、こりゃあ」

甚太は眉根を寄せて首をかしげる。

「腐れ縁ってやつですかい」

宇之助は微苦笑を浮かべる。

「この縁が切れると、甚太さんは駄目になっちまうぜ。親方は一生懸命、甚太さんを引っ張り上げようとしてくれているんだ」

甚太は札の絵を凝視した。そこに親方の姿を見出そうとしているかのように。

宇之助は目を細める。

「甚太さんにだけ厳しいのは、一日も早く親方を追い越してほしいからさ。親方は、もう年だろう。体も、だいぶきつくなっているはずなんだ。だから自分が引退するまでに、持てる技のすべてを甚太さんに注ぎ込もうと躍起になってる」

　宇之助は札に描かれた松を指差した。

「親方は、甚太さんの成長をじっと待ってる」

　甚太は札の絵を見つめながら唇を引き結んだ。

　宇之助は甚太の顔を覗き込む。

「誰から物を教わるかってえのは、ものすごく大事だぜ。どんな職人になれるかは、師匠次第と言っても過言じゃねえ。師匠の教えが、自分という職人を作り上げるんだからな」

　じっと宇之助の言葉に耳を傾けながら、甚太は何度もうなずいた。

　宇之助はうらやましそうな眼差しを「松に鶴」の札に向けた。

「いい師匠に出会えたら、あとはこつこつ努力を続けるだけだ。努力だけなら、特別な才がなくても誰にでもできると思っているやつもいるが、努力ってえのは、なかなか難しいものなんだぜ」

　まるで自分に言い聞かせているような口調だ。

「絶対にやり遂げてみせると誓ったことをやり遂げられるやつが、実際、世の中に何人いると思う？　努力できるってことも、立派な才のひとつなのさ」

甚太が、はっと息を呑んだ。

「親方も同じことを言ってました……」

――ひとつの道を究《きわ》めるには、特別な才だけじゃなく、執念が必要なんだ。尋常じゃねえ執念があって初めて、卓越した技に辿《たど》り着けるんだぞ――。

「いい親方じゃねえか」

宇之助の言葉に、甚太は大きくうなずく。

「だが、どうしても合わねえっていうのなら仕方がねえ。他の親方を探すか、独立してやってみるか。それも占ってみるかい？」

甚太はすぐさま首を横に振った。

「おれが間違ってました。おれが今すべきなのは、親方の下で地道にやって、もっと実力をつけることです。独立するのは、親方にそれを認められた時だ」

宇之助は優しく微笑んだ。

「さて、それじゃ、もうひとつの今すべきことに話を移すぜ」

甚太は表情を引きしめて背筋を伸ばした。

「彦四郎の言う通りに、贋作を作りな」

「何だって⁉」

甚太は唖《あ》然《ぜん》とした顔で腰を浮かせる。

「おれに悪事を働けっていうのか!?　そんなことしたら、おれと姉ちゃんの将来は――」

「最後まで、よく聞きな」

宇之助に床几を指差され、甚太は座り直した。

「いいか、彦四郎をこのままにしておけば、おまえさんたち姉弟はしつこくつきまとわれるぜ。おらんさんが勤める水茶屋に押しかけたり、甚太さんを脅したりしてくるだろう。拒み続けりゃ、悪事がばれたと思うだろうからな」

いや、もう思っているだろうと、宇之助は続けた。

宇之助がおらんに「仕事はどうだ」と聞くように仕向けたのは、彦四郎にやましいことがあるかどうか、その態度で見極めるためだったというのだ。

やましいことが何もなければ、彦四郎は「別に何もねえよ」とか「おめえはどうなんだ」とか、もう少し違う返答をしていたはずなのだ。

それが「何で、そんなこと聞きやがるんだ」と怒り出したということは、おらんが何か勘づいているのではないかと、彦四郎は気になってたまらなかったのである。

「甚太さんとのやり取りを怪しまれていると思って、あせったんだろうなぁ」

宇之助は険しい表情で、おらんと甚太を見た。

「このままじゃ、二人とも消されちまうかもしれねえぞ」

おらんと甚太は愕然《がくぜん》と目を見開いて、顔を見合わせる。

「今から八丁堀の旦那のもとへ駆け込もうか」

「ここへ来るまでの間、あとをつけられていやしねえよな」

甚太とおらんが恐る恐る戸口を振り返った。

閉じている戸の向こうに誰がいるのか、いないのか、ここからはわからない。

「きっと大丈夫だ」

宇之助が断言する。

「向こうは、甚太さんの腕が欲しいのさ。おとなしく言うことを聞いている限り、手出しはしてこねえはずだ」

「彦四郎に飼い殺しにされろって言うのかよ!」

甚太が歯噛みした。

「おれはともかく、姉ちゃんまで――」

「二人の身を守るためには、贋作を作るしかねえんだ」

すずは信じがたい思いで宇之助を見た。宇之助は本気で言っている――。

松に鶴が描かれた花札を、宇之助はとんとんと指で叩いた。

「いいか、この札は、甚太さんが家族を大事にできる男だってことも教えてくれているんだぜ。親方だけじゃなく、おらんさんとの絆《きずな》を表している札でもあるんだ」

甚太は悔しそうに身をよじった。

「家族を守るためには贋作を作るしかねえっていうのかよ、ちくしょうっ」

「作ったあとのことは、おれに任せろ」

宇之助は口角を引き上げて、一同の顔を見回した。その目は自信に満ち溢れており、誰も反論することができなかった。


たまやに文《ふみ》が届いたのは、その十日後のことである。

「がらん堂さんに渡してくれと頼まれました」

持ってきたのは、塩売りの男だ。たまたま通りかかった家の前で呼び止められたのだという。すずが受け取ると、すぐに去っていった。

店の奥から出てきた宇之助は文を読んで、うなずいた。

「ちょいと出かけてくるぜ。今日は、もう戻らねえかもしれねえ」

どこへ行くんですかと問う間もなく、宇之助は足早に出ていった。

翌日はたまやへ来て占いをしたが、何も話してはくれない。

そしてさらに翌日の朝。宇之助はおなつを伴って現れると、きよに向かって頭を下げた。

「すまないが、今から、すずを貸してもらえないだろうか。あとで代わりの手伝いを寄越すので」

すずはきよと顔を見合わせて、首をかしげる。宇之助は後ろ頭をかいた。

「実は、一昨日たまやに届いた文は甚太からでな。根付の贋作が仕上がったと報せてきたんだ」

おらんに「やめておけ」と言われながらも、腕試しにと勝手に作り始めていたのである。だが、おかげで思っていたより早く彦四郎との決着をつけられると、宇之助は苦笑した。

「困ったのは、おなつちゃんでな」

宇之助にじろりと見下ろされて、おなつは肩をすくめる。

「だって昨日、加納さまから話を聞いちゃったんですもの。そのあと、おらんさんに会いにいったら、本当に事が上手く運ぶのかって、とても不安がっていたわ」

両国の料理屋に彦四郎を呼び出して、甚太が贋作を渡す。本物そっくりに作ってあるが、一部わざと違う作りにして見分けがつくようにしてあるので、彦四郎が贋作を甚太に依頼していたという証にできる。

「証の品があるのなら、絶対に悪事を認めさせてみせると、加納さまは意気込んでいらしたわ。だから大丈夫だって、おらんさんに言ったんだけど――」

きよが眉をひそめて、おなつを見る。

「加納さまは、高積見廻《たかづみみまわ》り同心じゃないか。普段、捕り物に出張ったりはしていないんだろう？　おらんさんが不安がるのは当たり前だよ」

おなつは微笑んだ。

「定町《じょうまち》廻りの旦那にもお出ましいただく手はずになっているんで、大丈夫ですよ」

加納とは、剣道場でともに汗を流している間柄だという。

「常日頃から悪人どもを相手に大立ち回りをなさっている方なので、その方のお指図に従っていれば安心です」

捕り物に慣れている定町廻り同心の意向で、万が一の事態に備えて料理屋は貸し切りにし、岡っ引きや下っ引きに辺りを固めさせる手はずが整っていた。

きよは眉間のしわを深くする。

「そこに、うちのすずがどう関わっていくんだい？　まさか、彦四郎に怪しまれないために、貸し切りにした店の中で客の役をやれってんじゃないだろうね」

「違います」

おなつは即答した。

「料理屋の隣にある菓子屋の二階から、おらんさんと一緒に事の顚末《てんまつ》を見届けるんです。窓と窓とが近い部屋があるので、向こうの様子を全部覗き見れるはずなんです」

きよは絶句した。

「絶対に大丈夫だと何度言っても、おらんさんは納得しなくて。甚太さんが心配で、居ても立ってもいられないって言うんです。自分も一緒に行って、甚太さんを見守るって言い張って」

だから、おらんにつき添うことにしたのだと、おなつは悪びれなく続けた。

宇之助が大きなため息をつく。

「頭ごなしにやめろと言っても、おなつちゃんとおらんさんがおとなしくしているとは思えない。料理屋の周りを勝手にうろつかれたりしたら、かえってそっちのほうが危険だ」

きよは頭痛をこらえるように、こめかみに手を当てた。

「違う建物にいるといったって、かなりくっついているんだろう？　町方の手から逃れようとした悪党が窓を飛び越えてきたら、どうするんだい」

「それは、おれも言ったんだがな」

宇之助は首に手を当てながら、おなつときよを交互に見た。

「ただ、彦四郎の無様な姿を見ておくことも、おらんさんには必要かと思ってな」

きよが宇之助を見上げる。

「惚れた男がお縄になるところを見て、苦しむことにならないかねえ」

「下手に未練を残すよりはいいだろう」

きよはため息をつく。

「やっぱり何だかんだ言っても、おらんさんの心境は複雑だよねえ。一度は一緒になろうと思った男なんだもんねえ」

宇之助はうなずいた。

「おらんさんは、遊びで男とつき合えるような女じゃない。今は気丈に振る舞っているが、あとでまた苦しむだろうよ。たとえ相手が、自分たちを利用しようとしていた悪党だったとしても、すぐにはすっぱり割り切れないだろう」

　きよが同意する。

「かわいそうにねえ。もっと早く男の本性がわかっていたらよかったんだけど……誰だって、騙されたくて騙されるわけじゃないからねえ」

「自分にも悪いところがあったから、こんな事になってしまった——なんて考えが、今後おらんさんの頭の中に浮かぶ余地は残しておきたくないんだ」

　宇之助は、じっときよを見つめる。

「あの姉弟には、まっすぐに、この先の未来へ向かって歩いていってもらいたい」

　おなつがきよの顔を覗き込む。

「菓子屋の二階から、向かい側を見ているだけにします。それ以上、彦四郎に近づくような真似は絶対にしませんから」

「うぅん……」

「定町廻りの旦那はもちろんお強いんでしょうけど、加納さまも剣の達人なんですって。彦四郎が窓を飛び越えてくるような事態には、絶対になりませんよ」

　そう言われても、きよの表情は晴れない。

「おれが、すずから離れないようにする」

宇之助は人差し指を首の前でぐるぐると回した。

「すずには強い守りもついているので、きっと大丈夫だろう」

宇之助の指は肩のほうに動いて、うねる龍を表しているようだった。

きよはすずの頭上にちらりと目を向けて、思案顔になる。

「日取りも店の方角も、おれの占いで決めてあるし、三島屋徹造にも助力を頼んであるんだ。勝算はじゅうぶんある」

宇之助の言葉に、きよは目を丸くした。

「あの大店《おおだな》のご隠居にもお出まし願うのかい⁉ 本当に、ずいぶん大がかりな仕込みなんだねえ」

「失敗は許されないからな」

宇之助が先ほど、あとでここに寄越すと言っていた手伝いも、三島屋徹造が手配りをしてくれたのだと聞いて、きよはぽかんとした。

駄目押しと言わんばかりに、宇之助は続ける。

「こう見えて、おれも剣道場に通っていたことがあるんだ。荒事には多少の自信がある」

医者の緒方が宇之助に「鍛えていたのではないか」と聞いたことを、すずは思い出した。

「もし彦四郎が仲間を連れてきたとしても、そんじょそこらのならず者などには絶対に負けない。何があっても、すずたちを守り切ってみせる」

おなつがきよに向かって手を合わせる。

「おばさん、お願いします。すずも一緒だと、わたしが心強いんです」

すずはきよの真正面に立った。

「おっかさん、乗りかかった船だわ」

困ったように眉尻を下げるきよに、すずは笑いかける。

「おらんさんと甚太さんの決着を、あたしも最後まで見届けたいの」

ため息とともに苦笑して、きよはうなずいた。


両国橋を渡って大川を越え、東広小路に入った。

川の近くに屋台を出している天ぷら屋から、香ばしい油のにおいが漂ってくる。尻端折《しりはしょ》りの男たちが並んで天ぷらを買い、屋台の前で立ち食いをしていた。

押しずしの屋台に並んでいる大きな体の男たちは、見るからに相撲取りだ。三人寄り集まっているので、ものすごい迫力を感じる。

「こっちだ」

左に折れ、駒留橋《こまどめばし》を渡ってすぐのところに建っている料理屋の隣の菓子屋へ入ると、すぐ二階の小部屋へ案内された。

すでに来ていたおらんは、すずたちの顔を見てほっと息をつく。相当気を張り詰めていたようだ。

閉じられていた障子を、宇之助がほんの少しだけ開ける。

「おっ、よく見えるぜ」

がらん堂の口調になった宇之助に促され、障子の隙間から外を覗けば、すぐ隣の料理屋の座敷が見えた。みっつ並んだ部屋の窓はどれもすべて大きく開いている。

大通りに近い部屋には、黒の紋付羽織をまとった着流し姿の男が二人いた。一人は加納だ。二人とも、隣室との間にある襖《ふすま》の前に陣取っている。

「加納の旦那の隣にいるのは、定町廻り同心の土谷庄右衛門《つちやしょうえもん》さまだ」

宇之助が小声を発した。

「その後ろに控えているのが、土谷さまの中間《ちゅうげん》の金吾《きんご》さん。奥に、加納の旦那の中間の寅五郎さんもいるだろう」

確かに、尻端折りに股引《ももひき》姿の男も二人いた。

「あの真ん中の部屋が、今回の大舞台だ」

まだ誰もいないが、彦四郎と三島屋徹造がそこで向かい合うのだという。

「ここから見て、一番奥の部屋にいるのが甚太だ」

宇之助の言葉に、おらんがぐいと身を乗り出してきた。障子の隙間から、必死な顔で外を覗く。宇之助が障子を押さえた。

「すまねえが、これ以上は開けねえでくれ。おらんさんは、声も出しちゃ駄目だ」

おらんは唇を引き結んでうなずくと、窓辺に見える甚太の姿をじっと見つめ続けた。

「おらんさん、大丈夫だ。甚太は間違いなく、ちゃんとやるぜ」

宇之助の言葉に、おらんは無言で頭を下げる。

やがて、おらんの視線に気づいたように、甚太がこちらへ顔を向けた。動かした口は「姉ちゃん」と言っているようだ。おらんがうなずくと、甚太もうなずき返した。

おらんが涙ぐんで、障子から離れる。甚太のもとへ駆け出したくなる衝動を抑えるように、障子に背を向けて座り込んだ。すずはそっと、おらんの隣に腰を下ろす。

窓のほうへ顔を向けると、こちらに気づいた加納がおなつに向かって大きく両手を振っているところだった。

「来たぞ」

宇之助のささやきに、室内はしんと静まり返る。みな息をひそめていた。

「いやあ、今日は本当に楽しみにしていたよ」

まるでこちらに聞かせているかのような大声が響いた。

「ああ、彦四郎さんはそっちに座っておくれ。いや、上座も下座も気にせんでいいから」

向こうの様子が気になって、すずは再び障子の前へ座った。おなつと宇之助の間から、そっと隙間を覗き込む。

真ん中の部屋にいる男は三人――一人は、こちらへ背を向けている。向かい側に座っている男のうち、一人は恰幅《かっぷく》のいい老人で、もう一人は中肉中背の中年男だった。ということは、あの老人が三島屋徹造か。

窓に背を向けて座っている男が何か言った。

「え？ 何だって？」

徹造が大きな声で聞き返した。

「すまんが、近頃やけに耳が遠くなってのう。もう一度言ってくれんかね、彦四郎さん」

窓辺の男が彦四郎か――きっと徹造はわざと、こちらに背を向けて座る位置へ誘導したのだ。

「風が冷たくありませんか？ 障子を閉めましょうか」

彦四郎が大きな声で言い直す。すかさず徹造は手を横に振った。

「そのままにしておいてくれ。わしは暑がりなんじゃよ」

徹造は朗らかな笑い声を上げながら、襖の前に控えていた女中を振り返った。

「これから大事な話をするんでな。酒も料理も、あとにしておくれ。話が済んだら呼ぶから、それまでは誰も入ってこないようにな」

女中が「かしこまりました」と低頭して、部屋を出ていく。

襖が閉められると、徹造が居住まいを正した。彦四郎も、もう一人の男も、居住まいを正す。

「彦四郎さん、先日は本当にありがとう。おまえさんのおかげで素晴らしい茶碗が手に入ったよ。小堀遠州《こぼりえんしゅう》の弟子が所蔵していた品ということで、胸を張って披露できた」

「お役に立てて、何よりでございます」

彦四郎が穏やかな声で応じる。

「お仲間のみなさまにも楽しんでいただけたと、わざわざお報せいただいた時には、本当に嬉しゅうございました。この商売をやっていてよかったと。つくづく思いました」

徹造がうなずく。

「商売人は、常に客を喜ばせることを考えておらねばならん。その点、彦四郎さんは感心だ。わしの話を、よく気に留めておいてくれたね」

彦四郎は丁寧に一礼する。

「お客さまがお求めになっている物をお探しするのは、わたしどもの仕事でございます。何も特別なことではございません」

「だが、わしの友人が岡友の作った根付を欲しがっていることは、世間話のついでにちらりと言っただけだった。改めての依頼ではなかったのに――」

徹造は探るような目を彦四郎に向けた。

「他に欲しがっていた者もいるのではないかね？」

「ええ、まあ」

「よくぞ、わしに報せてくれた！」

徹造は声を大にした。

「彦四郎さんのおかげで、この永山屋《ながやまや》惣兵衛《そうべえ》さんを喜ばせることができたよ」

徹造は笑いながら、隣に座っている男の背中を叩いた。

「惣兵衛さんは、根付の収集を始めたばかりでね。岡友の作が欲しくて、あちこち探し回っていたんだよ」

惣兵衛は後ろ頭をかく。

「これまで仕事ばかりしていて、粋人たちの集まる場所には出入りしておりませんでしたから、どこにどう声をかけたらよいのかまったくわかりませんでした。徹造さんに、いろいろな手ほどきをしていただいたおかげで、やっと馴染みの芸者ができたところで」

「これこれ、今日は色町の話ではなかろう」

「あ、いや、これはどうも。岡友の根付が手に入ったら、明里《あけさと》に見せてやると約束してありますもので、つい。あそこであの男に根付自慢をされなければ、わたしが根付を集め始めることもなかったかもしれませんなあ」

彦四郎が惣兵衛のほうに体を向けた。

「遊び慣れた方々は、身に着ける物も洒落《しゃれ》ていらっしゃるのでしょうねえ」

惣兵衛は大きくうなずいた。

「田舎者と侮られぬよう、わたしも身にまとう物を少しずつ変えていったんだよ。着物を仕立てたがる女の気持ちが、初めてわかった。あまり大げさではなく、さりげなく粋に身に着けられる物をと求めていくうちに、根付に辿り着いたんだ」

彦四郎は愛想よく「なるほど、なるほど」と声を上げた。

「見る人は、よく見ていらっしゃいますからねえ。どんな物を身に着けているかで男の甲《か》斐性《いしょう》がわかると、よく言われますし」

彦四郎が惣兵衛に向かって、辞儀をするような仕草をした。

「中をご覧ください。こちらが岡友作の根付でございます」

根付が入っている箱を、惣兵衛の前に置いたようだ。

「ほう、これが」

惣兵衛が根付を顔の前に掲げた。小さい物なので、すずからはよく見えない。

惣兵衛が手にしている根付に、徹造がぐっと顔を寄せた。

「ううむ、さすがだのう。何というか、とんでもない凄《すご》みを感じるわい」

「ええ、本当に」

惣兵衛が感極まったような声を上げた。

「これまで見てきた根付の中で、最高の品ですよ。こんなにすごい物だったら、いくら金を積んでも惜しくはない」

「ほう、そんなにかね」

徹造は背筋を正すと、彦四郎に向き直った。

「よくそんな品を手に入れたものだ。ここへ来るまでの間、廊下に控えさせている用心棒にずっと守らせてきたんだものなあ」

用心棒がいるのか——すずの体に緊張が走った。

「ここへ来るまでの道すがら、危ないことはなかったかね？　用心棒が一人だけでは心許《こころもと》なかっただろう」

彦四郎は首を横に振る。

「大勢を引き連れてまいりましては、かえって高価な物を持ち歩いていると知らしめることになってしまいますので」

「なるほど」

徹造は感じ入ったような唸り声を上げた。

「彦四郎さんは本当に、たいしたものだ」

「恐れ入ります」

徹造たちの部屋の隣で、加納たちがそっと二手に分かれた。加納と寅五郎は、廊下に面した襖の前へ場を移して、用心棒の気配を窺《うかが》っている。土谷と金吾は、そのまま隣室に面した襖の前で、踏み込む瞬間がくるのを待ち構えている。

彦四郎に怪しまれることなく必要な話を引き出している徹造こそがたいしたものだと、すずは舌を巻いた。

しげしげと根付を見つめていた惣兵衛が突然「うーん」と大声を上げる。

「いったい、どうしたんだね」

徹造が首をかしげて惣兵衛を見る。惣兵衛は徹造の顔の前に根付を掲げた。

「やはり、わたしがこの品を持つのは分不相応かと思いまして――」

「そんなことはございませんよ！」

彦四郎が慌てたような声を上げる。

「永山屋さんに、とてもお似合いの品でございます」

「だけど……」

「明里さんも、きっと惚れ直すことでしょう」

惣兵衛が手にした根付に向かって、彦四郎はぐっと身を乗り出す。

「今を逃せば、こちらの品はもう二度と手に入りませんよ。今この場でお決めいただかなければ、このお話はなかったことにさせていただきます」

あせりの色を見せる彦四郎に向かって、惣兵衛は腕組みをする。

「それは困る……何日か考えさせてもらうわけにはいかないだろうか」

「お待ちのお客さまがいらっしゃいますので――」

惣兵衛は根付に目を戻した。

「どうしようかなあ。とても高価な物だし。だけど他の人の手に渡ってしまうのは、実に惜しい……」

困り果てたようにうつむいてから、惣兵衛は助けを求めるように徹造を見る。

「どうしましょう」

徹造は笑った。

「それは自分で決めなければならんよ」

「そうですよねえ。わかってはいるんですけど……ああ、迷う」

惣兵衛は根付を頭上に掲げた。

「本当に、いい品なんだよなあ。よし、思いきって決めるか」

彦四郎が大きくうなずく。

「では、お買い上げいただくということでよろしゅうございますか？」

「うん、だけど――」

惣兵衛がゆっくりと彦四郎に向き直る。

「この根付は岡友の作で間違いないんだね？」

「もちろんでございます」

即答した彦四郎の顔の前に、惣兵衛は根付を掲げた。

「本当に、本物だね？」

「本当に、本物で、間違いはございません」

きっぱり言い切った彦四郎にうなずくと、惣兵衛は改めて根付を眺め回した。

「買ったあとで、もし偽物じゃないかと言われたら、とんだ赤っ恥だからなあ」

彦四郎をじらすように、惣兵衛は根付を見つめ続けた。

「もしお疑いでしたら、根付に詳しい者を連れてまいりますが」

彦四郎の声にはいら立ちが浮かんでいる。

「その根付には、岡友の銘が彫られておりますので、見る者が見れば本物だとすぐにわかります」

惣兵衛は左手で持った根付を、右手の人差し指で指した。

「うぅむ、確かに、ここに銘がある。だが、わたしには本物かわからないなあ」

「ですから、わたしが鑑定できる者を連れてまいりますと――」

「いや、それにはおよばん」

徹造が彦四郎をさえぎった。

「実は、こんなこともあろうかと、わしのほうで根付に詳しい者を連れてきておるんだ。

別室で待たせてある」

　彦四郎の両肩が、びくりと跳ね上がった。

「根付に詳しい者とは、いったい、どこの誰でございますか。そんな話、わたしは何も聞いておりませんでしたが」

　徹造は腕組みをして、ななめに彦四郎を見やる。

「この根付が本物だという自信があるのならば、どこの誰に見せてもよかろう？」

「それは、もちろんでございますが」

　彦四郎は膝立ちになった。

「この根付は、ある御旗本が当店へお持ちになった品でございます。奥方さまがご病気になり、薬代がかさんだため、家計が苦しくなったと――根付の他にも、さまざまな品をお売りになりました。お売りになったのがどこのどなたであったかを申し上げるわけにはまいりませんが、由緒正しき御家柄の方に間違いはございません」

「だから根付も本物だというのかね」

　徹造が立ち上がった。

「まあ、見る者が見ればすぐにわかることだな」

　徹造が廊下に面した襖を開ける。戸口にたたずんでいる用心棒の姿が、すずからも見えた。何がどうなっているんだと言いたげに、彦四郎をじっと見ている。

戸口に歩み寄ろうと一歩踏み出した彦四郎を、徹造が手で制した。

「わしが呼んでくるから、おまえさんたちはここで待っていなさい」

徹造が用心棒の腕をつかんで、部屋の中に引っ張り入れる。用心棒は呆然《ぼうぜん》とした顔で、徹造が去っていったあとと彦四郎の顔を交互に見やった。

すずは障子の隙間から目を凝らし続ける。いよいよ甚太の出番かと、おらんも窓辺ににじり寄ってきた。

一番奥の部屋の襖が開き、徹造が姿を現す。じっと身をひそめていた甚太が立ち上がった。先ほどは身に着けていなかった頭巾《ずきん》をかぶっている。

徹造が甚太を伴い、真ん中の部屋に戻った。彦四郎の前に立つ。

「この男は、わしが呼んだ根付師だ。火事で顔に大火傷《おおやけど》を負ってしまってね。頭巾をかぶったままで勘弁してやっておくれ」

甚太が惣兵衛の前に座って、根付を受け取る。惣兵衛は甚太の顔を覗き込んだ。

「どうだい、これは岡友の作で間違いないかい？」

甚太は根付を凝視すると、無言で首を横に振った。

「偽物なのか⁉」

惣兵衛の叫び声に、甚太は大きくうなずく。

「嘘だ！　その根付師の目は節穴だっ」

彦四郎が叫んだ。

「この根付は本物です！　わたしにも鑑定人を用意させてください。信用の置ける者に、ちゃんと見てもらいたい！」

甚太が立ち上がり、彦四郎の前に根付を突き出した。

「これが偽物だってことは、あんたが一番よくわかっているはずだ」

甚太は勢いよく頭巾を取った。

「あんたが、このおれに作らせたんだからな！」

甚太が言い終わる前に、勢いよく廊下から加納が飛び込んできた。と同時に、隣室から土谷も駆け込んでくる。

加納は用心棒が抜刀する前に体当たりを食らわせて、床に押し倒した。すかさず寅五郎が馬乗りになって、用心棒に縄をかける。土谷は金吾とともに彦四郎に突進して、その体を押さえ込み、縄をかけている。

すべてが、あっという間だった。

どったんばったんと響いてくる物音に、おらんが震えながら立ち上がった。障子にかけられた手を、宇之助がそっと押さえる。

「まだ大きく開けちゃいけねえ。甚太は大丈夫だから、落ち着きな」

おらんは顔面蒼白《そうはく》になりながらもうなずいて、再び障子の前に座り込んだ。すずとおなつが、そっと両側からおらんの背中に手を当てる。

「甚太、てめえ何のつもりだっ」

彦四郎がわめいた。縄をかけられ、金吾に体を押さえつけられているので、何の手出しもできない。甚太は彦四郎を無視して、加納と土谷の前に歩み出た。

「古道具屋の奉公人たちに本物と偽物を見分ける修業をさせたいから、岡友という根付師の作品を真似てくれと、彦四郎さんから頼まれました。言い値を払うので、ぜひにと」

土谷がうなずく。

「おまえの作った偽物を彦四郎が売ろうとしているとは、まったく知らなかったんだな?」

「はい、もちろんです。あくまでも、奉公人たちの修業になるならと思って、引き受けました。その証拠に、おれが作った偽物には、わざと本物と違う銘を入れてあります。素人にはわからねえでしょうが、見る人が見れば、偽物だとちゃんとわかりますよ」

箱にしまった根付を惣兵衛が土谷に差し出した。土谷は根付を受け取ると、彦四郎に向き直る。

「詳しい話は、番屋でじっくり聞いてやるぜ」

土谷の合図で、彦四郎と用心棒が引っ立てられていく。土谷はこちらに向かって右手を上げると、悠々たる足取りで退室していった。

加納が窓辺に立つ。

「おおい、そっちは大丈夫だったか？」

宇之助が障子を大きく開けると、おなつは加納に向かって頭を下げた。

「はい、こちらは何も――ただ見ていただけですから」

「怖くはなかったか？」

「そりゃ、少しは――でも、加納さまたちが必ず悪人を捕まえてくださると信じていましたから」

加納は満面の笑みを浮かべる。

「そうだろう、そうだろう。やはりおなつは、おれの勇姿を期待しておったのだな」

と加納が言った時にはすでに、おなつはおらんに寄り添って、その肩を抱きしめていた。

おらんは溢れ出る涙を指で拭い、窓の向こうへ顔を向ける。

「甚太……」

向こう側では、甚太が障子に手をかけて、じっとおらんを見つめていた。

「姉ちゃん……」

甚太の目にも涙が浮かんでいるようだ。

加納が甚太の背中をぽんと叩いて、何かをささやく。甚太は手の甲でぐいと目を拭うと、駆け出した。部屋を出て、階段を下りていく足音が、こちらにまで聞こえてくる。

やがて、すぐ、こちらの建物に大きな足音が移ってきた。だだだっと階段を駆け上がり、この部屋に飛び込んできたのは甚太だ。

「姉ちゃん！」

「甚太！」

しっかと抱き合う姉弟の姿に、すずはおなつと顔を見合わせて微笑んだ。


階下へ下りると、三島屋徹造が大量の大福餅《だいふくもち》を買い込んでいるところだった。

「おまえさん、大福が好きだろう？」

そう言って朗らかな笑みを浮かべ、徹造は宇之助に向かって大きな包みを差し出した。

「あとで食べておくれ。今日は久しぶりの大仕事で、疲れているんじゃないかね」

宇之助は一礼して大福の包みを受け取ると、背筋を伸ばして徹造を見つめる。

「今回は、手を貸してもらえて本当に助かった。あんたのように名の知れた商人が相手だったから、彦四郎もすぐ話に乗ってきたんだ」

「すでに隠居の身だが、お役に立てて何よりだ」

徹造は意味深長な眼差しで宇之助を見つめ返した。

「わしも、おまえさんには散々助けてもらったからな。店を手放さずに済んだのは、おまえさんのおかげだ。本当に感謝しているよ」

その口ぶりからすると、徹造がまだ隠居する前に、宇之助の占いで危機を脱したのか。

「おまえさんも、あれから、いろいろあったようじゃないか。しばらく仕事を休んでいたと聞いていたから、心配していたんだが……」

徹造は感慨無量の面持ちで目を細める。

「またやる気になってくれて、本当によかった。これからも、よろしく頼むよ。息子に譲った店のことも、また占ってもらいたいしねえ」

宇之助は肩をすくめた。

「また、そのうちに」

徹造は優しい笑みを浮かべながら、しみじみとした目で宇之助を見つめた。

「頼りにしているからね」

宇之助は黙って一礼すると、菓子屋を出た。すずたちもあとを追う。

店の外には、永山屋惣兵衛が立っていた。

「よう、元気そうだな」

惣兵衛が笑いながら右手を上げる。

「江戸を離れる前に、おまえの顔を見れてよかったぜ」

すずは首をかしげて、宇之助と惣兵衛を交互に見た。

「お知り合いだったんですか？」

宇之助がうなずく。

「この人は、昔おれの親父のところによく出入りしていた旅役者で、時之丞《ときのじょう》さんっていうのさ。彦四郎をはめるために、一役買ってもらったんだ」

「宇之助さんのお父さんの……」

では「きちんと金を払うやつだったから、つき合っていた」という役者は、この男のことか。

時之丞は昔を懐かしむように目を細める。

「売れる役者になるためにはどうしたらいいのか、江戸へ来るたんびに、宇之助の親父さんのところで占ってもらっていたんだよ」

時之丞は「なあ」と宇之助の肩に手を置いた。

「まったく売れなくて『当たらねえじゃねえか』って文句を言ったら、『占いですべて叶《かな》えられると思うな、馬鹿野郎。最後に信じるのは自分自身だ』なんて説教されてよ。『占いがすべてじゃない』と説く占い師なんて、初めてだったぜ」

宇之助は複雑そうな表情で唇を引き結んでいる。

時之丞はにっこり笑いながら、すずに目を向けた。

「こいつも子供の頃に舞台へ上がったことがあるって、知ってるかい？」

「はい」

「おれが上げたんだよ。子役が腹を壊しちまったから、急いで宇之助に化粧をしてなぁ」

とても可愛らしい娘役だったという。

「突然の代役だったにもかかわらず、持ち前の図太さで立派に演じきっていたっけなあ。もちろん、おれの演技力の足元にもおよばなかったがよ」

時之丞は、ぽんぽんと宇之助の肩を叩いた。

「今日だって、おれの演技は真に迫っていただろう？　根付を買おうか買うまいか迷って、彦四郎をいらいらさせたところなんざ、おまえの注文通りだったと思うぜ。彦四郎の心に余裕がなくなって、ぼろが出るくらいに揺さぶってくれというご依頼だったもんなあ」

宇之助は肩をすくめる。

「彦四郎のほうから『鑑定できる者を連れてまいります』と言わせることができたんだから、立派に及第だな」

時之丞は不服そうに唇を尖らせた。

「おいおい、もっと褒めちぎってくれてもいいんじゃねえのか。あの時、彦四郎は相当あせって動揺していたはずだぜ。だからこそ、町方の旦那たちが踏み込んできた時に、動きが鈍くなっていたんじゃねえか。心の動きは、体に出るからな」

宇之助はうなずいて、時之丞に向き直った。

「誰も怪我することなく、無事に彦四郎をお縄にできたのは、あんたのおかげだ。本当に、感謝している」

時之丞は照れくさそうに片笑んだ。

「何だよ、やけに素直になられると、今度は調子が狂っちまうぜ。可愛げがねえくらい負けず嫌いのおまえは、いったいどこへ行っちまったんだ、え？」

時之丞は、ばんと強く宇之助の背中を叩いた。

「おっ、ぶれねえな。感心、感心」

満足げに宇之助を見て、時之丞は右手を上げる。

「それじゃ、達者でな」

返事も待たずに踵《きびす》を返して、時之丞は両国広小路の人混みの中へ消えていった。

「さて、おれたちも行くとするか」

宇之助が振り返ると、おなつ、おらん、甚太が、菓子屋の前に並び立っていた。

「何だか腹が減ったな。たまやで蕎麦でも食べるとしようか」

一同は大きくうなずいて、福川町へ向かった。


たまやへ帰ると、きよが安堵した顔で調理場から出てきた。

「よかった、みんな無事だね」

宇之助がうなずいて、きよに笑いかける。

「腹が減っているんだが、蕎麦はまだ残っているかい」

『あとで一人でもやってみな。すずにも食わせてやんなよ』って、材料を多めに置いていってくれたんだよ」

「さっき守屋の吉三さんが来て、来月から出す『季節の蕎麦』を教えてくれたんだけどさ。

きよはにっこり笑って調理場を振り返る。

「そりゃ、あんた、いいところへ来たよ」

千切りにした大根を盛り蕎麦の上にふんだんに散らした、すずしろ蕎麦だという。

神無月《かみなづき》（旧暦の十月）ともなれば、もう冬だ。炉開きもある。

次第に寒さが増してくる中で暖を取りながら、雪に見立てた白い大根とともに冷たい蕎麦を味わうというのだから、何とも乙な一品だ。

「今すぐ作ってやるからね、ちょいと待ってな」

一同は長床几に腰を下ろした。

すずはきよと一緒に調理場へ入る。すでに大根の千切りが山盛りになっていた。

「美しく透き通った千切りにしなきゃならないってんで、ちょいと練習していたのさ。家で食べるんじゃなく、お客に出さなきゃならない物だからね」

すずは千切りにされた一本を手にした。

「綺麗……」

小さな氷柱のような切り映えだ。

「あたしが蕎麦を茹《ゆ》でている間に、すずは南瓜《かぼちゃ》の汁粉《しるこ》の味を見ておくれよ」

　柔らかく煮た南瓜をすり鉢ですって、水で延ばし、砂糖を加えて甘くした物に、切り餅を入れた物である。

「吉三さんが、もらい物だけどって言って、内藤南瓜をたくさん置いてってくれたんだよ。宇之助さんも甘い物が好きだし、あんたたちが帰ってきたら出してやろうと思って、たくさん作っておいたんだけど」

　焦がした砂糖を入れてあるのだという。

「客が引けたあと、夕食の菜に卵焼きを作っておこうと思って、砂糖を使っていたんだけどさ、うっかり焼き鍋の中に落としちまったんだよ」

　慌てて焼き鍋を竈《かまど》から下ろし、焦げた砂糖を片づけようとしたのだが、捨ててしまうのはもったいない。ふうふうと冷ましながら、ひと舐《な》めしてみたところ、ほろ苦くて甘く、とんでもない美味さに感じたのだという。

「南瓜の汁粉に入れたら、こくのある深い甘みが出てさ。あっさりした味わいの内藤南瓜に、よく合うと思ったんだよ」

　味見をすれば、きよの言う通り、さらりとした甘さの中に深い甘みを感じる。もうひと口、もうひと口と、あとを引く美味しさだ。

「おっかさん、すごいわ」

感嘆の声をかければ、蕎麦を茹でていたきよが嬉しそうに笑った。

すずはきよの手元を見つめる。

大鍋に沸かしたたっぷりの湯で、泳がせるように茹でている。茹で終えた蕎麦を丁寧にしっかり洗い、ぬめりを取ってしめると、笊《ざる》に上げて手際よく器によそっていく。

すずは盛られた蕎麦に大根の千切りを載せていった。

「降り積もる雪みたいに、ふわりと載せるんだよ」

「はい」

薬味の葱《ねぎ》とわさびを添えて運んでいくと、一同が目を輝かせた。

「いただきます！」

さっそく、みなで蕎麦をすする。きよに促され、すずも一緒に食べた。

おなつが「ああ」と声を上げて目を閉じる。

「大根が、優しくしゃっきりしてるわ。歯触りがよくて、とっても美味しい」

宇之助が目を細めて同意する。

「こしのある蕎麦に、大根がよく合っているな」

おらんが、ほうっと息をついた。

「こんなに綺麗な蕎麦を食べたことが、今までにあったかしら」

隣で蕎麦をたぐっていた甚太が大きくうなずいた。

「まっさらな雪のように、新しい気持ちで、明日から頑張るよ」

あっという間に蕎麦を食べ終えると、甚太は居住まいを正して深々と頭を下げた。

「このたびは、本当にありがとうございました。みなさんのおかげで、おれは道を踏みはずさずに済みました」

おらんも居住まいを正して頭を下げる。

「みなさんのおかげで、あたしも悪縁を断ち切ることができました。しばらくの間は、誰かに頼ることなんて考えず、好きな仕事に励みます」

宇之助がうなずいた。

「おらんさんは大丈夫だ。仕事に励んでいるうちに、今度こそいい出会いが訪れるだろうよ。甚太さんも精一杯励んで、早く親方を追い越してやんな」

甚太は身を起こすと、まっすぐに宇之助を見つめた。

「先ほど、三島屋のご隠居さんにも同じことを言われました」

宇之助が外で時之丞と話している間、甚太は菓子屋の中で徹造と話していたのだという。

「ご隠居さんは、親方の気持ちがよくわかるとおっしゃっていました」

技ばかり身につけようとして、心を忘れてしまう若者が多い。だが心がなければ、どんなに手先が器用でも、立派な物作りはできないと、徹造は甚太に語った。

「目先の楽を取るな、日頃からもっとよく考えて動けと言われました」

自分が選ぶべき道を決める時は、自分の心の声に従え。他人の声に惑わされてはいけない。あの人に強く言われたから、大勢が言っているからという判断で物事を進めると、きっと後悔する。周りの者がみな正しいとは限らないのだから——。

「長年の間、大店を切り盛りしてこられたご隠居さんの言葉は、ずしりと重かったです。それに、よく考えてみれば、うちの親方も同じことを言っていたんですよ」

自分はいい親方の下で修業していたのだと改めて気づいた甚太は、きっと立派な職人になってみせると徹造に宣言した。

徹造は、まるで自分の店の若い衆を見るような優しい目で笑いながら、いつか親方に一人前と認められるようになった暁には、甚太に根付を注文すると約束してくれたのだ。

「あの甚太作の根付だと自慢していただけるような品を、きっと作り上げてみせます」

宇之助は目を細めて微笑んだ。

「だが、いつまでも待たせてはおけねえぞ。徹造さんの目の黒いうちに、必ず約束を果たさねえとな」

甚太は拳を握り固めてうなずいた。

「ご隠居さんも同じことをおっしゃっていました」

わしが耄碌《もうろく》しないうちに頼むぞ。足腰が元気なうちでなければ、おまえさんが作った根付を自慢しに出歩けんからな——そう言って、徹造は笑みを深めたという。

おらんが懐から手拭いを取り出して、目を押さえる。

「甚太がいっぱしの職人になったら、根付を収集している方をご紹介してくださるともおっしゃってくださって――本当に、ありがたいことです」

「おっ、いい物食ってるじゃねえか！」

突然響いた大声に、戸口を見れば、加納と寅五郎が息を弾ませて立っていた。

「何だ、おまえたち、おれの到着を待たずに食っていやがったのか」

おなつがぺこりと頭を下げる。

「すみません。土谷さまとご一緒に彦四郎たちを番屋へ連れていったので、そのままお仕事に戻るのかと思っておりました」

加納は手と首を横に振る。

「下手人の吟味をするのは、定町廻り同心の仕事だからな。すべて土谷さんに任せてきたぜ。おなつはまっすぐ帰らずに、たまやへ寄ると思ったので、おれもこっちに来たんだ」

宇之助が感心したように唸る。

「動物並みの勘ですねえ」

加納は、ぎろりと宇之助を睨みつけた。

「黙れ。今回の一件が占いのおかげだと思って、うぬぼれるんじゃないぞ」

先ほどの加納を真似たように、宇之助は手と首を横に振る。

「とんでもございません。すべては加納さまのおかげです。なあ、おなつちゃん」

おなつがうなずく。

「加納さまが、土谷さまを動かしてくださったんですものねえ」

「う、うむ――これくらいのことであれば、いつでも頼ってくれて構わん」

加納は照れたように、こほんと咳払《せきばら》いをした。

「ところで、おれの分の蕎麦もあるのかな？」

すずは立ち上がった。

「ございます。来月からうちで出す、すずしろ蕎麦でございます。寅五郎さんの分もご用意いたしますので、どうぞお座りになってお待ちください」

調理場へ入ると、きよが心得顔で蕎麦の支度をしていた。すずは新しい器を用意する。

「そろそろ食後の甘味も運んでいかなくちゃねえ」

南瓜の汁粉をよそっている時、ふわりと別の甘いにおいが鼻先に漂ってきた。

すずは甘酒の鍋を振り返る。

「どうしたんだい？」

「何だか急に、ものすごく甘酒が飲みたくなっちゃって――」

すずの言葉に、きよが「えっ」と声を上げた。

「体の具合は？」

「ものすごくいいわ」

「それじゃ龍は、ちゃんと約束を守って、おとなしくしているはずだよねえ」

きよは首をかしげて、裏口へ目をやった。

「龍が、甘酒も忘れるなって言っているのかもしれないよ。においが餌場までたくさん届くように、勝手口の戸を大きく開けてごらん」

すずはうなずいて、裏庭へ続く戸を開け放った。

小さな裏庭は、ひっそりと静まり返っている。虫の一匹もうごめいている気配がない。先日より大きくなった御霊泉も清閑なたたずまいで、晴れた空を映している水面は微動だにしていない。

けれど不意に、すずの目の前で、裏庭の奥に植えてある南天と八つ手の枝が風もないのに大きく揺れた。まるで、ところ狭しと裏庭を飛び回っている龍の尾が、音もなく二本の木を撫でたかのようだった。

本書を執筆するにあたり、左記の方々に多大なる協力をいただきました。
仁科勘次氏（スピリチュアルサロン蒼色庭園代表、セラピスト）
ほしひかる氏（特定非営利活動法人　江戸ソバリエ協会理事長）
林幸子氏（料理研究家）
この場を借りて、心より御礼を申し上げます。

著者

文小時
庫說代
た 29-1

茶《ちゃ》屋《や》占《うらな》い師《し》がらん堂《どう》

著者　高《たか》田《だ》在《あり》子《こ》

2023年 2 月18日第一刷発行
2023年 12月 8 日第三刷発行

発行者　角川春樹

発行所　株式会社 角川春樹事務所
〒102-0074 東京都千代田区九段南2-1-30 イタリア文化会館

電話　03(3263)5247[編集]　03(3263)5881[営業]

印刷・製本　中央精版印刷株式会社

フォーマット・デザイン＆シンボルマーク　芦澤泰偉

ISBN978-4-7584-4542-9 C0193

http://www.kadokawaharuki.co.jp/[営業]
fanmail@kadokawaharuki.co.jp[編集]　ご意見・ご感想をお寄せください。